별도 新무협 판타지 소설

낭왕

狼王

FANTASTIC ORIENTAL HEROES

낭왕 6

별도 新무협 판타지 소설

초판 1쇄 찍은 날 § 2009년 5월 22일
초판 1쇄 펴낸 날 § 2009년 5월 29일

지은이 § 별도
펴낸이 § 서경석

편집장 § 문혜영
편집책임 § 정서진
편집 § 문정흠

펴낸곳 § 도서출판 청어람
등록번호 § 제1081-1-89호
등록일자 § 1999. 5. 31
어람번호 § 제2-1750호

주소 § 경기도 부천시 원미구 심곡2동 163-2 서경B/D 3F (우) 420-822
전화 § 032-656-4452 팩스 § 032-656-4453
http://www.chungeoram.com
E-mail § eoram99@chol.com

ISBN 978-89-251-1821-5 04810
ISBN 978-89-251-1570-2 (세트)

6

모사재인[謀事在人]

낭왕 狼王

별도 新무협 판타지 소설

FANTASTIC ORIENTAL HEROES

도서출판 청어람

目次

第五十四章
너무 서두르는 것도 안 좋습니다

狼王

날이 밝기가 무섭게 이단은 사람들을 닦달했다.

서둘러 출발해야 한다는 소리다.

"나 혼자 가도 상관없으니까 하는 소리야."

이단은 굳이 따라오지 않아도 된다는 식으로 말했다. 이단
의 한마디에 게으름을 피우던 사람들은 번개같이 움직였다.

가장 뒤늦게 일부러 천천히 움직이며 고적이 투덜거리듯
이 말했다.

"정말 두고 갈 셈인가 보군."

"능히 그럴 사람이니까요."

얼결에 옆에 있다가 그 말을 듣게 된 해석이 피식 실웃음을

흘렸다. 왜 당연한 것을 묻느냐는 투다.

하지만 너무도 당연하다는 해석의 반응은 오히려 고적의 의구심을 불러일으켰다.

어느새 두 사람의 대화에 고창도 귀를 기울이고 있었고.

"그럴 사람이라는 말은, 곧 낭왕 이단은 의리나 동료애 같은 것과는 거리가 멀다는 식으로 해석해도 되겠소?"

"동료애라… 그런 것 같지는 않군요. 여전히 나를 일행으로 삼고 있다는 것만 봐도 알 수 있지 않을까요."

고적은 고개를 저었다. 해석의 말만으로는 부족하다.

"나는 어제, 아니, 그젯밤에 있었던 일들을 기억하고 있소."

"그저께라면…….."

해석은 잠시 하던 행동을 멈추고 생각을 집중했다. 고적이 기억하고 있다는 일들이 무엇인지를 파악하는 중이다.

참 많은 일이 있었던 이틀이다. 해석이 청성파 장문인 모강을 만났고, 청성파는 그곳에서 고씨 형제를 제외한 나머지 일행을 역공으로 잃었다. 때마침 관에서 나온 이단은 홍교자의 상황을 도살하듯이 정리했고.

그제야 해석은 고적이 하는 말이 무엇을 의미하는지 정확히 파악했다. 당시 이단의 반응 때문이다. 청사군이 고전을 하고 있다는 이야기, 그리고 왜 굳이 그들을 도와야 하냐고 반문하던 이단의 모습을 가리키는 것이다.

이단과 몇 날 며칠을 함께 지낸 자기는 이해가 간다. 그동안 계속해서 봐왔기 때문이다. 하지만 그날 처음 만난 고적에게 있는 것을 있는 그대로 받아들이라고 말하기에는 무리가 있었다.

가만.

이해가 간다고?

사실 그것도 정확한 표현이 아니다.

어느 날 낭왕 이단이 주왕 차가람과 함께 왔고, 며칠 후 다시 만난 이단은 이미 변해 있었다. 머리는 백발이요, 무공은 일취월장이다. 그리고 사부의 명에 따라 이단을 쫓아다니고 있는데……

확실히 이해를 하고 있는 것은 아니다.

단지 이단의 변화 과정을 봐왔기 때문에 그것을 있는 그대로 받아들이고 있을 뿐이다.

그러고 보니 그사이 자신도 변했다는 것을 해석은 깨달았다. 며칠 전만 해도 자신은 실어증에 걸려 말도 못했는데, 지금 그의 모습을 처음 보는 사람은 그 이야기를 들어도 믿지 못할 것만 같았다.

씁쓸해졌다.

자신이 그런 것처럼 이단도 그런 것이다.

그것이 지금의 현실이고, 그것이 사실이다. 그냥 그런 것을 어쩌란 말인가!

"그때의 낭왕은 정상이라고 말할 수는 없습니다."

"그럼 지금 저 모습은 정상이라는 거요?"

해석은 씁쓸한 표정을 어색한 웃음으로 감추었다. 이제야 고적의 말의 핵심을 알아차린 것이다. 고적은 이단의 말의 진위를 찾고자 하는 것이 아니다. 이미 고적은 이단의 말이 거짓이라고 결론을 내리고 그 증거를 찾는 중이다. 그리고 그것은 이단에 대한 적개심에서부터 비롯된 것이고.

"두고 보면 아실 거요. 뭐, 아니라고 생각한다면 어쩔 수 없는 일이지만……."

해석은 몸을 돌렸다. 이미 그렇게 결론을 내린 사람을 붙잡고 그것이 아니라고 왈가왈부해 봤자 소용없는 일이다. 한번 틀에 박힌 고정관념을 고치기가 얼마나 어려운지는 해석이 잘 알고 있었다.

"해 호법도 봐서 알 거 아니오? 이단의 그… 괴기스런 모습 말이오. 그것을 어찌 살아 있는 사람의 몰골이라 할 수 있겠소? 게다가 그가 말하기를, 그것은 가사몽습……."

고적은 입에서 꺼낸 말을 도로 삼켰다. 괜히 내뱉어서 자기 입을 더럽힐 생각이 없다는 것인지, 말하는 것 자체가 위험하다는 것인지 알 수는 없지만 분명한 것은 고적은 그 말을 토하는 것을 꺼려한다는 것이다.

해석은 더 이상 고적을 신경 쓰지 않았다. 그저 묵묵히 자기 짐을 챙기고 출발 준비를 끝냈다.

무슨 말을 해도 해석이 그의 궁금증을 풀어줄 것 같지 않으니까 고적은 하는 수 없이 자기 동생을 찾았다. 이들 일행 속에서 그들 두 형제만 외인인 것 같았다.

순간 고창을 발견하고는 고적은 인상을 찡그렸다.

"창! 뭐 하나?"

"어, 형! 예? 아아…….”

친형의 부름에 무심결에 대답하던 고창의 얼굴 표정이 굳어졌다. 고적의 어투가 마음에 걸렸다. 그리고 그를 바라보는 안색도 무언가 고적의 속을 긁고 있었다.

"가봐요. 이제 안 도와줘도 되니까."

혜민이 조심스럽게 미소를 지으면서 고개를 끄덕였다.

"그, 그럼… 이제 다 된 거 같으니까 가보겠소."

고창은 행여나 고적이 들을까 작은 목소리로 대답했다. 하지만 여전히 어기적거리며 걸어오는 품이 어지간히 혜민에게서 떨어지기를 싫어하는지 잘 알려주고 있었다.

그 모습이 고적을 더욱 화나게 만들었다. 지금이 어떤 때인가! 고적과 고창 두 형제가 해야 할 일이 한둘이 아니다. 함께 출발한 사형제 중에서 남은 사람은 그들 두 사람뿐이다. 그러니 둘이서 청성파를 대표하고 청성파의 이름으로 청성의 일을 해야 한다. 무엇보다 먼저 사숙조인 기어검 모강을 비롯해서 나머지 열 명 사형제의 화장한 유골을 청성산으로 보내야 한다. 그 편에 사건 전말에 대한 보고서도 보내야 하고, 자신들은 낭왕 이단을 쫓아갈 것이며, 그에 대한 사후 허가를 청하는 글도 첨부해야 한다. 그렇게 할 일이 한둘이 아닌데, 고창은 남의 짐 꾸리는 것이나 도와주고 있었다.

고적은 화를 삼키기 위해서라도 생각을 다른 곳으로 돌려야 했다. 그래서 고적은 일부러 시선을 옮겨서 주위를 둘러보았다.

순간 설아의 모습이 보였다.

느긋한 표정으로 객잔 입구를 지키고 있는 모습에서 그녀는 이미 예전에 출발 준비를 끝내고 있다는 것을 알 수 있었다. 아마도 이단이 이렇게 나올 줄 이미 알고 있었나 보다.

이 객잔의 입구를 비추는 차가운 아침 햇살은 그녀의 하얀 얼굴과 마찰을 일으키며 더욱 반짝거렸다. 하얀 장삼, 하얀 당혜는 그녀의 눈처럼 빛나는 피부와 너무도 잘 어울렸다. 꼭 감은 두 눈의 긴 속눈썹은 조광(照光)을 받아 더욱 길게만 느껴졌다.

문득 고적은 그녀를 바라보는 순간, 심장이 쿵쾅거린다는 생각이 들었다.

'수양 부족이야, 수양 부족.'

그의 시선을 의식했는지 설아가 이쪽을 바라본다.

아니, 단지 얼굴만 돌렸건만, 보일 리가 없다는 것을 본인이 더 잘 알면서도 고적은 괜히 얼굴이 붉어졌다.

'돼지 목에 진주 목걸이야.'

고적은 귀신처럼 백발을 휘날리는 이단과 설아가 너무도 안 어울린다는 생각이 들었다.

남들처럼 설아 역시 이단에게 속고 있는 것이리라.

'이 모든 것, 잘못된 모든 것을 바로잡으라는 뜻이야.'

고적은 모강이 왜 자신에게 내공을 전수하고, 이번 임무에 대해 전적으로 맡겼는지를 깨달았다. 고적은 주먹을 불끈 쥐었다. 할 일은 분명했다.

이단이 밖으로 나오자, 앉아 있던 선규는 자리에서 일어났다. 그리고 가볍게 고개를 까닥거렸다.

이단도 조용히 묵례를 취했다.

모르는 사람도 아니지만, 그렇다고 친한 사이도 아니다. 가깝다고 하기에는 각자 처한 위치가 너무나 달랐고, 멀다고 하기에는 얽인 인연이 너무도 많았다. 같이 후영한조 정운의 제자이지만 사형제라고도 할 수 없고, 동문이 아니라고 할 수도 없는 관계다.

맨 처음 후영한조가 무공을 전수하기 시작한 사람이 바로 낭왕 이단이지만, 그가 정식으로 제자로 받아들인 것도 아니고, 이단을 거두어들인 사람은 후영한조 정운이 아니라 전노군 유장한이기 때문이다.

게다가 선규를 비롯한 나머지 청사군은 어쨌거나 정운의 지도 아래 하나로 통합되면서 동문이네 사형제네 하는 자연스런 인연의 끈을 만들었지만, 이단은 아니다. 단지 정운으로 부터 무공을 전수받았을 뿐, 어쨌거나 지금은 공식적으로 남이다. 수라방의 일을 많이 하는 외무사일 뿐인 것이다.

하지만 그들 모두 수라방이라는 한 뿌리에서 갈라져 나온 가지들이다.

"출발할 생각이오?"

이단은 입에 힘을 주어서 꽉 다문 채로 고개만 아래위로 흔들었다.

선규는 동료들을 둘러보았다. 사람들의 시선이 모두 선규에게로 모인다. 어서 물어보라고 선규를 재촉하는 중이다.

"그럼 앞으로 수라방으로는 다시는 안 돌아갈 셈이오?"

이단은 고개를 저었다.

"돌아가야지요. 그곳에서 나왔는데, 그것을 모른다고 할 수는 없는 일이니까. 지금은 무엇보다 급한 일이 있을 뿐."

선규가 동료들을 둘러보며 다시 고개를 끄덕였다. 적잖이 안심이 된다.

"어차피 큰일을 치르는 데 도움을 받았으니 낭왕의 급한 일에도 조금이나마 보탬이 될 수 있으면 하오."

이단은 다시 고개를 흔들었다.

"내 일이라는 것이 강호 대의를 위하는 것도 아니고, 수라방을 위한 중차대한 일도 아니오. 고작 사람을 찾는 것이라오. 굳이 여러 형제들이 걱정까지 해가며 도울 일이 아닌 듯······."

이번에는 선규가 고개를 흔들었다.

"잘못 알고 계시는구려."

선규의 갑작스런 한마디가 무슨 말인지 이단은 종잡을 수가 없었다.

"두 마두가 죽은 후에도 우리가 성도로 돌아가지 않는 이유가 무엇이라 생각하오? 저들은, 아니, 우리는 단지 낭왕과 함께하고 싶을 뿐이오. 그것은 나뿐만 아니라 우리 형제들 모두 같은 심정이라오."

이단은 굳은 얼굴로 고개를 흔들었다.

"아무리 좋게 말해도 나는 버려진 신세일 뿐이오."

선규가 은근슬쩍 미소를 지어 보였다.

"말은 바로 하십시다, 낭왕. 버려진 것이 아니라 박차고 나온 것이지요."

순간 이단은 할 말을 잃었다.

'박차고 나온 것이라······.'

딴엔 맞는 말이다.

수라방에서 자신의 미래가 보이지 않았기에 걷어차고 나왔다. 시키는 일만 하기도 싫고, 그렇게 조직의 소모품으로 전락되기가 싫었을 뿐이다.

"저 형제들은 말이오."

선규가 두 사람의 이야기에 귀를 기울이고 있는 청사군의 동료들을 바라보며 말했다.

"낭왕 당신에게서 우리의 미래를 생각하고 있소. 그리고 그것은 나 또한 다를 바 없고."

선규의 말에 사람들은 저마다 고개를 주억거렸다. 다른 생각을 나타내는 사람은 하나도 없었다.

때마침 객잔 안에서 사람들이 나왔다. 해석이 혜민을 끌고 있었고, 그 뒤로 고씨 형제들이 따라왔다. 설아야 이단이 잠에서 깨기도 전에 준비를 끝내고 있었고.

"내가 어디로 갈지 알고 있소?"

이단이 침착하게 물었다. 해석이나 혜민이야 지금껏 같이 왔다 하지만, 청사군이 쫓아오겠다고 할 줄은 미처 생각지 못했다.

"나는 주왕을 찾아갈 거요."

이단의 말에 선규는 잠시 머뭇거렸다.

"이유를 물어도 되겠소?"

이단은 망설임없이 대답했다.

"내 사람이니까."

선규는 고개를 끄덕였다. 그리고 동료들을 바라보았다.

"어떤가? 내 생각에는 그 말이야말로 낭왕 이단다운 대답이라고 생각되는군."

동료들의 얼굴에 미소가 어렸다.

이단은 이해할 수 없기에 고개를 연신 흔들었다.

"여기에는 어떤 대의명분이나 강호 정의도 있을 수 없소. 지극히 사적인 일이고, 남녀 간의 감정과 문제일 뿐이오."

선규는 그 말을 기다렸다는 듯이 대답했다.

"그렇기 때문에 이단답다는 것이오. 강호 정의? 그딴 게 있기나 한 거요? 대의명분? 개나 주라고 하시구려. 강호라는 곳이 어떤 곳이오? 철저한 약육강식, 생존 본능에 의해 움직이는 곳이오. 그곳에서 자신의 감정에 충실하다는 것이야말로 그 어떤 말보다 설득력있는 표현이 될 거요."

이단은 포기했다.

더 이상 그를 쫓아가 보겠다는 선규와 청사군을 설득할 방도가 없었다.

"우리가 돕겠소. 도울 일이 없으면 옆에서 구경이나 하다가 축하라도 하겠소. 우리도 낭왕의 행복하게 잘사는 모습을 보고 싶구려. 그리고 그때가 되면 같이 돌아갑시다."

이단은 그들의 진심을 알았다.

수라방 출신의 외무사 낭왕 이단이라는 자는 수라방의 후인들에게 일종의 전형이나 상징과도 같은 사람이었다. 고아 출신으로 일가의 조종을 이룰 수 있는 사람, 자수성가의 살아 있는 전설과도 같은 사람으로 말이다.

자신의 성공을 바라지만, 다른 사람의 성공을 보고 대리만족을 느낄 수도 있는 일이다. 그리고 그런 사람을 보면서 자신의 꿈을 키울 수도 있는 것이고. 그들은 그런 모습을 직접 보고 싶은 것이다.

이단은 고개를 끄덕였다.

이들을 막아야 할 이유를 찾을 수가 없었다.

군이 이유를 갖다 붙인다면, 고씨 형제를 달고 갈 이유도 없었고, 그렇게 말하자면 해석이나 혜민 역시 마찬가지다.

그들 모두 공통된 이유가 있어서 모인 사람들이 아니다.

그저 어쩌다 보니까 그렇게 모였을 뿐이다.

각자 저마다의 사정에 의해서.

해석은 해석 나름대로의 이유가 있고, 고씨 형제는 그들 나름대로 사명이 있으며, 선규와 청사군에게는 그들의 꿈이 있다.

마찬가지로 이단에게는 이단의 삶이 있었고.

이단은 출발했다.

그리고 그 뒤를 이십에 가까운 사람이 따랐다. 막상 움직이고 보니 대규모의 이동이 되고 있었다.

*　　　*　　　*

차가람은 담요 위에 내린 찬이슬을 떨어내며 잠에서 깼다. 간밤에도 노숙을 피할 수가 없었다. 충분히 불쏘시개를 쌓아 얹었던 것 같은데 벌써 불은 잦아들고 있었다.

여자 혼자 밖에서 잔다는 것은 예전 같으면 상상도 할 수 없는 일이었지만, 최근에 며칠 사이에 하도 많은 일을 겪다 보니 이젠 그런 것은 일도 아니다.

우선 차가람은 여기가 어디쯤인가 그것부터 살폈다. 무작정 서쪽으로 왔는데, 아직 아미산을 벗어나지 못한 듯했다. 지금쯤이면 장강 지류에 이르러야 하는데……

실수다. 무작정 밤길을 재촉하다가 그만 길을 잃고 만 것이다. 되도록이면 이단으로부터 멀어지겠다는 생각에 밤에도 걸음을 재촉하다 보니 이렇게 되었다.

차가람은 자리를 정리한 후 아침 준비부터 시작했다.

어차피 급할 것 하나 없는 길이다.

원래의 계획이야 불교사대성지 중 하나인 아미산을 유람하고 천천히 신농계나 들러볼까 하는 생각이었는데, 근처에 이단이 있다는 것을 안 이상, 여기에 더 있을 수만은 없었다.

이단의 곁에는 설아가 있고, 설아와 이단 사이에는 그녀가 비집고 들어갈 틈이 없어 보였다.

세상 사람들은 다 안다. 이단이 있는 곳에 설아가 있다.

한때 이단과 두 사람만의 인생을 꿈꿨던 내가 바보지.

차가람은 불을 뒤적거리면서 피식 헛웃음을 흘렸다.

불이 다시 살아났으니 이제 솥을 얹을 차례다.

간단히 건냥이나 밥알 말린 것으로 끼니를 때우고 말 수도 있는 일이지만, 여기가 어딘지 모르는 이상 든든하게 먹고 출발해야 한다. 기왕이면 말린 밥알을 끓는 물에 불려서 새로 한 밥의 시늉이라도 내고 싶었다.

차가람은 솥에 물을 받으러 자리를 떴다.

"아미타불⋯⋯."

차가람이 다시 자리로 돌아왔을 때에는 그녀의 자리에 손님이 와 있었다.

젊은 승려들이다. 그것도 한두 명이 아니라, 네 명이나 되는 젊은 비구들로 구성되어 있었다.

그들이 어떤 위협을 보인 것도 아니건만, 차가람의 눈길은 반사적으로 챙겨놓은 짐 속에 들어 있는 만월도부터 찾았다. 실수다. 강호인이 몸에서 칼을 떼어놓다니 말이다.

왜일까?

상대는 그저 젊은 남자 중들이 아닌가?

게다가 여기는 아미산이요, 불교의 사대성지 중에 하나다. 승려가 많은 것이 당연한 터. 오히려 산속에서 중을 만나지 못했다면 그것이 더 이상한 일이다.

하지만 차가람의 본능은 경고를 발령하고 있었다.

차가람은 여차하면 몸을 뺄 수 있는 만반의 태세를 갖추고 천천히 자신의 자리로 돌아갔다.

"아미타불, 보살께서는 어인 일로 이 깊은 산중에서 홀로 밤을 지새운 것이오?"

보살이라는 말은 차가람을 칭한다.

"산중에서 길을 잃었습니다."

차가람은 최대한 아무렇지도 않은 표정으로 불 위에 솥을 얹어놓았다. 솥이라고 해봐야 두 사람 몫의 밥을 끓일 정도로 작은 솥이다. 발이 세 개 달려 있어서 야외에서 쓰기 딱 좋은 모양이다.

"아미타불, 아미타불……."

"그럼 혹시 일행은……?"

한 명이 불호를 외우고 다른 한 명은 다음 질문을 던진다. 예상했던 질문이다.

"혼자 강호 유람을 하던 중입니다."

"아미타불, 아미타불……."

"이런, 이런. 보살님, 요즘 강호가 다시 시끄럽습니다. 혹시 들은 적이 있는지 모르겠습니다만, 사 년 전에 행방불명이 되었던 오마가 다시 활동을 시작했다고 합니다."

"아미타불, 아미타불. 여자만 보면 애 어른 가리지 않고 희롱하지 않나, 사람을 산 채로 잡아먹고, 오마가 얼마나 위험한 자들인지는 상상도 못하실 것입니다."

"그래서 드리는 말씀입니다. 여시주께서는 각별히 조심하셔야 합니다. 아미타불."

오마 이야기에 차가람은 자기도 모르게 웃어 보일 뻔했다. 오마에 대해서 그녀만큼 잘 아는 사람이 또 있을까? 그런 그녀 앞에서 오마 이야기를 꺼내다니, 웃지 않을 수가 없었다.

차가람은 그들이 꺼낸 오마 이야기에 자기도 모르게 긴장의 끈을 놓쳤다.

"말씀을 듣고 보니 꽤나 무서운 자들인가 봅니다. 행동에 조심하도록 하지요."

차가람은 미소로 답했다.

그리고 하려던 볼일로 돌아갔다. 불 위에 솥을 얹고 끓는 물에 붓기 위해 건낭을 준비했다. 문득 네 명의 중이 자신과 함께 있다는 데 생각이 이르렀다.

"시간도 이른데 조반을 챙기기 못하셨다면 함께하시지요."

이야기하며 차가람은 불길을 조절했다. 때마침 물이 끓기 시작했다.

차가람의 말에 가장 젊은 승려 한 명이 냉큼 자리를 차지하고 앉는 것이, 마치 그녀의 그 말을 기다리기라도 한 것 같았다. 다른 말은 못하고 아미타불만 염송하던 젊은 승려. 아마도 이들 중에서 가장 항렬이 낮은 승려로 보였다.

"커허험, 커험! 아… 미… 타아불!!"

그러자 바로 그의 등 뒤에서 일행 네 명 중 가장 나이 들어 보이는 삼십대의 승려가 기침과 함께 염송을 한다. 그러자, 어린―그래도 십대 후반이지만―승려는 굳은 얼굴을 하고 자리에서 일어났다.

"보살의 시주, 감사하게 받겠습니다. 아미타불."

그제야 삼십대 중년 승려가 그 자리를 차지하고 앉았다.

삼십대 중년 승려가 자리하자, 나이와 서열 순서대로 젊은 승려들이 불을 가운데 두고 빙 둘러서 자리를 차지하고 앉았다.

같이 조반을 하자는 말을 안 했다면 어떻게 되었을까 생각하며 차가람은 혼자 웃기만 했다.

드디어 물이 끓기 시작하고, 차가람은 물속에 건반(乾飯)을 쏟기 위해 챙겨놓은 행낭으로 손을 뻗었다.

다른 승려가 행낭을 냉큼 집어다 차가람에게 내밀었다. 정확히는 차가람에게 건넨 것이 아니라, 차가람에게 전하라고 바로 옆의 승려에게 넘겼다. 두 번째 승려가 차가람의 행낭을 받았다. 바로 삼십대 중년의 승려다. 하지만 그는 바로 행낭을 넘기지 않고 그것을 풀기 시작했다. 행낭 속에서 만월도가 나왔다. 삼십대 중년 승려의 얼굴 표정에 그럴 줄 알았다는 듯이 당당한 미소가 어렸다.

"이건 무엇입니까?"

순간 차가람의 얼굴 표정이 굳어졌다.

"그것은 제 물건입니다. 스님께서 신경 쓰실 일이 아닌 듯한데요."

차가람은 냉랭한 어조로 답했다.

"그렇군요. 하지만 이런 위험한 물건은 함부로 가까이하지 않는 것이 좋겠습니다, 보살님."

삼십대 중년 승려는 만월도만 빼고 나머지 행낭을 차가람에게 넘겼다.

차가람은 그것을 낚아채기라도 하는 것처럼 행낭을 받아 들었다. 칼을 빼앗겼지만, 지금은 그런 것을 신경 쓸 때가 아니다. 여기 둘러앉은 저들의 저의가 더 큰 문제다.

그들 사이로 어색한 침묵이 흘렀고, 차가람은 다시 요리를 하기 시작했다.

요리라고 해봐야 다른 것 없었다. 마른 밥을 물에 말아서 끓이는 것이 전부다. 그래서 죽을 쑤는 것은 아니고, 적당히 불려서 먹기 좋게 만들 뿐이다. 찬도 없다. 그저 몇 가지 산나물을 밥이 끓을 때 넣어서 끓일 뿐이다.

그렇게 준비가 끝이 나자, 어느새 승려들은 일제히 바랑에서 목기를 꺼내놓고 차례를 기다리고 있었다.

차가람은 어이없어 웃음부터 나왔다.

참으로 뻔뻔한 승려들이다. 당연한 것처럼 밥그릇을 내밀고 있으니 말이다.

차가람은 말없이 그들의 밥그릇에 불린 밥을 퍼 담았다. 그리고 그들 다섯 사람은 말없이 밥만 비웠다. 서로 간에 눈치만 보고 있다. 움직이는 것이라곤 들고 있는 밥그릇, 밥그릇을 뒤적이는 숟가락, 밥을 받아먹는 입, 그리고 서로 주고받는 눈빛뿐이다.

그렇게 금방 밥을 비우고 나자, 차가람은 솥을 들고 일어났다. 아직 설거지가 남았다. 솥에는 발이 세 개 달려 있고, 차가람은 간단히 한 손으로 한 발을 집어 들었다.

순간 차가람의 뒤를 한 놈이 덮쳤다.

인기척으로 차가람은 그것이 가장 나이 어린 비구(比丘)라는 것을 알고 있었다.

나이 어린 비구가 차가람의 허리를 휘감았다. 기다렸다는 듯이 차가람은 허리를 돌렸다. 손에 들고 있던 쇠솥으로 그녀의 허리를 감은 놈의 머리를 찍었다.

피가 튀었다.

차가람은 몸을 빼려 했지만 허리가 잡혔다. 차가람은 몸을 뒤로 뺐다. 허리에 걸린 놈이 스르륵 바닥으로 엎어진다. 하지만 그녀의 행동에 제동이 걸렸고, 순식간에 그녀를 덮친 두 놈에게 양팔을 제압당했다.

"어떻게 된 거야? 야, 막내!"

차가람의 팔을 잡고 있는 놈 중 하나가 소리쳤다. 낮게 신음 소리가 들린다. 죽지는 않았나 보다.

차가람은 여전히 양팔이 잡힌 상태고, 그렇게 양팔을 잡힌 상태로 드잡이를 하다 보니 바닥에 엎어졌다. 남은 한 놈, 삼십대 중년의 비구가 능글거리며 다가선다.

"시주, 보시 중에 으뜸은 바로 육보시가 아니오? 기왕 보시 하는 것이니 육보시까지 해주시구려."

이미 예견했던 일이다.

너무 많이 들었기 때문일까, 또는 이미 예상하고 있던 반응이라서 그런 것일까. 차가람은 이젠 이런 소리를 들어도 전혀 놀랍지가 않았다.

"야, 막내! 괜찮은 거야?"

여전히 팔을 잡고 있는 놈은 소리를 치고, 나이 많은 놈은 능글거리며 그녀의 허리춤을 잡아간다. 그녀는 여전히 양팔이 붙잡힌 상태다.

차가람은 최대한 평정심을 유지했다. 이미 예견했던 일이다. 이렇게 될 줄 알고 있었다. 나이 많은 놈이 그녀의 행낭에서 칼을 빼앗을 때부터 확신하고 있던 일이다.

팔은 붙잡혔고, 한 놈은 그녀의 양다리를 벌리고 가랑이 사이에 무릎 꿇고 앉아서는 자기 바지춤을 내린다. 이어서 그녀의 허리로 손을 가져간다. 한 놈은 여전히 소리를 치고 있고, 다른 한 놈은 시시덕거린다.

순간 그녀는 움직였다. 양발로 가랑이 사이에 자리 잡고 있는 놈의 허리를 조인 것이다.

"후어어어……!"

놈이 숨을 몰아쉰다. 그럴수록 그녀는 더욱 세게 놈의 허리를 조였다. 내공을 끌어올렸다.

"어? 사형!"

"어, 어떻게 된 거야?"

그녀의 팔을 잡고 있던 어수룩한 두 놈이 놀라 소리를 지른다. 허리를 잡힌 놈이 어떻게든 그녀를 풀려고 발악을 해댔지만, 이미 내공을 끌어올리고 놈의 숨통을 조이고 있는 그녀의 힘을 뿌리칠 수는 없었다.

안 되겠는지 놈이 그녀의 복부를 깍지 낀 주먹으로 내려쳤다.

터허어엉!

순간 철판을 두들기는 소리가 울렸다.

그런데 차가람은 놈이 깍지를 낄 때부터 그것을 알아차렸다. 어찌 된 것인지 차가람은 그것을 알고 있었고, 그녀가 그것을 깨닫기도 전에 내공은 발동하고 있었다.

"허어어어……."

허리가 걸린 나이 먹은 놈은 끊어지는 숨을 몰아쉬었다.

"호, 호신강기?"

팔을 잡고 있던 놈이 차가람의 얼굴을 주먹으로 냅다 갈겼다. 이어서 들리는 쇳소리. 차가람의 안면을 두들긴 것은 놈의 주먹인데, 오히려 주먹에서 피가 터졌다.

"호호호홋!"

우스웠다.

차가람은 지금 이 순간의 모든 것들이 우습기만 했다.

"막내, 괜찮은 거야, 어떤 거야?"

그녀의 얼굴을 때렸던 놈이 얼결에 손을 놓쳤다. 한 팔이 자유로워지자, 그 순간을 놓치지 않고 차가람은 수도를 날렸다.

"커허……."

열심히 막내를 외치던 놈이 목을 움켜쥐고 뒤로 한 걸음 물러나며 자리에 털썩 주저앉았다.

이제 내력은 충만하고 양팔이 자유를 되찾았다.

그리고 차가람은 숨이 끊어질 것처럼 얼굴이 시뻘개져서는 두 눈을 부릅뜨고 있는 삼십대의 중을 바라보면서 차갑게 미소를 지었다.

양손으로 그의 머리를 잡았다. 한 손으로는 턱을, 다른 한 손으로는 그의 뒤통수를. 차가람은 양손을 시계 반대 방향으로 돌렸다.

빠그덕! 털썩!

"오옷, 호호호호호호!"

차가람은 웃었다.

통쾌했다. 속이 시원하도록 웃어젖혔다.

그녀에게 엎어진 삼십대의 중을 밀쳐 내고는 천천히 자리에서 일어났다. 주먹이 깨진 중은 뒤로 주춤 물러나다 멈칫거렸다. 사타구니 사이로 흥건하게 물이 흘렀다.

"풋!"

차가람은 가볍게 코웃음을 쳤다.

그리고 느린 동작으로 제자리로 돌아갔다. 그곳에 그녀의 애병, 만월도가 있었다. 차가람은 한 자 길이밖에 안 되는 칼을 뽑아 들었다. 둥근 달처럼 휘어진 만월도의 도신이 모습을 드러냈다.

칼을 잡은 이상, 이제 그녀는 무적이다. 호승심이 그녀를 들끓게 했다.

씨이익.

차가람은 그를 향해 미소를 지어 보였다.

이제 차가운 피로 몸을 식힐 때다. 지금도 그녀의 피가 끓고 있었다.

차가람은 손에 들고 있는 만월도를 멍하니 바라보았다.

죽어도 싼 놈들이다.

꼴에 중이라고 불도량을 닦기는커녕 이렇게 몰려다니면서 사단이나 일으키는 놈들이리라. 아미파라는 이름을 등에 지고 있으니 무엇이 두려울까. 놈들이 무슨 짓을 저지르고 다니고 있었다는 것을 안다면 아무도 그녀를 욕하지 않을 것이다.

하지만 그건 그것이고 이것은 이것이다.

차가람은 자신이 벌인 살육의 현장을 내려다보았다.

세 놈 다 죽였다.

가장 나이 많은 놈은 목을 꺾어서 죽였고 한 놈은 멱을 땄다. 다른 한 놈은 배를 갈라서 속에 든 내장들을 다 끄집어냈다.

놈의 배를 헤집는 동안 차가람은 통쾌하다고 생각했다. 즐거웠다. 흥겨웠고, 모든 것이 유쾌하기만 했다.

그럼 목을 딴 놈은?

그놈도 곱게 죽지 못했다.

차가람은 놈의 사지의 심줄을 잘라서 놈이 움직이지 못하게 만든 후에 칼끝으로 놈의 목살을 갈랐다. 정확히 피부를 갈라서 안의 동맥과 정맥을 확인했다. 그리고 그것은 건드리지 않고, 기도에 구멍을 뚫었다. 그리고 식도를 헤집었고, 경추를 부수었다. 척추로 이어지는 신경들을 끊은 후 마지막으로 정맥을 끊었다.

놈은 고통 때문에 부들부들 떨었다.

하지만 소리도 지를 수 없었다.

이미 기도가 뚫려서 바람이 모두 그곳으로 빠져나오고 있었기 때문이다.

그렇게 떨고 있는 사지를 보면서 차가람은 즐거워하고 있었다.

'내가……'

차가람은 그 자리에 주저앉았다.

아직 태양은 솟고 있건만, 그녀의 몸은 이미 파김치처럼 축 늘어져 있었다.

봉분을 만든 후 차가람은 말없이 그곳을 떠났다.

그녀가 가는 곳, 중경의 신농계였고, 어느덧 해는 중천에
솟아 있었다.

*　　　*　　　*

아미파에서 내려온 척사단은 의외의 곳에서 의외의 동료
를 만났다. 척사대 본진이 출발하기 전에 먼저 내려보낸 선발
대 격의 네 비구 중에 막내다.

그것도 머리가 깨져서 의식을 잃고 있는 것을 발견한 것은
지극히 우연이었다. 못 보고 지나갈 뻔한 것을 물가에 물을
길러 갔던 한 무승이 혈흔을 확인했고, 그 덕분에 숲 속에 쓰
러져 있는 것을 발견할 수 있었다.

그리고 멀지 않은 곳에서 새로 만들어진 봉분 셋을 발견하
기까지 했다. 합이 넷. 선발대 네 명의 숫자와 딱 맞는다.

성적사에서 나온 무승, 심명(深明) 사승은 수하들에게 봉분
을 파라고 지시했고, 그것을 말리고 싶었지만 척사대를 이끌
고 있는 홍초니 지이 사니는 심명 사승을 말릴 수가 없었다.
선발대는 성적사에서 나온 젊은 무승들로 꾸려졌고, 선발대
로 그들을 인선하고 보낸 사람이 바로 심명 사승이기 때문이
다.

"사마의 짓이 틀림없소."

심명 사승은 봉분에서 나온 시신을 보고 그렇게 결론을 내

렸다.

마침 그들은 지금 다시 아미산으로 돌아가는 중이다.

척사대를 꾸리고 하산했는데, 내려오던 중에 소문을 들었다. 낭왕 이단과 청사군, 그리고 검각의 봉문이 힘을 합쳐서 음마와 식마를 한꺼번에 처단했다는 소문이다.

처음 들었을 적에 그들은 그 소문을 믿지 않았다. 청사군과 봉문이 두 마두를 제거했다고? 그건 믿을 수 없는 이야기다. 한 사람이 한 군대와도 같은 자들이 바로 오 년 전의 오마들이다.

그런 자를 상대하기 위해서는 사람 수가 중요한 게 아니라, 그들과 대등하게 겨룰 만한 고수가 있어야 한다. 아무리 낭왕 이단과 취왕 장홍란이 있었다 해도 그들은 아직 젊은 사람들, 흔히 말하는 후기지수일 뿐이다. 일류는 될 수 있어도 초고수는 못 된다. 게다가 청사군이나 봉문이나 신흥 방파의 전투 조직인 것은 매한가지. 만들어진 지 겨우 사 년밖에 안 되는 신출내기들의 집합소일 뿐이다. 숫자로 밀어붙여서 고작 두 마두의 시간을 빼앗을 수 있다면 그것만으로도 성공이다.

게다가 다른 사람은 몰라도 홍초니 지이 사니는 낭왕 이단을 알고 있었다. 그런 그가 두 마두를 죽였다는 말은 팥으로 쑨 메주라는 말이나 다름없었다.

복호사에서 나온 홍초니 지이 사니나 성적사의 심명 사승이나 다 같은 생각이었다.

하지만 그 와중에 청성파에서 나온 척사단이 고씨 두 형제만 제외하고 모두 사망했다는 소리를 듣고서야 그들은 수긍할 수 있었다.

일은 그렇게 된 것이다.

먼저 청성파가 두 마두를 발견했거나 한 마두를 발견했고, 청성파의 기어검 모강이 선두로 마두를 상대했다. 그러다가 청성파와 두 마두는 양패구상을 입었고…….

그 와중에 어부지리를 얻은 곳이 바로 청사군과 낭왕 이단이다. 그렇게밖에 해석이 안 되었다.

그래서 그들은 다시 산으로 돌아가기로 했다.

최소한 그들의 두 눈으로 현장을 확인해야 한다고 심명 사승이 주장했지만 지이 사니는 귀환을 결정했다.

그 와중에 지금 이 사고 현장에 도착한 것이다.

"본 비구가 뭐라 하였습니까? 직접 두 눈으로 확인하기 전에는 알 수 없다 하지 않았습니까?"

심명 사승이 혀를 차며 말했다.

드러난 세 구의 시체.

한 구는 목이 찢어졌고, 한 구는 배를 갈라서 내장을 헤집어놓았다. 마지막 하나는 아주 억센 힘으로 목을 부러뜨렸다. 누가 보아도 이건 보통 사람의 짓이 아니다. 정상적인 가치관을 갖고 있는 일반인이라면 이런 짓을 저지를 수가 없다.

홍초니 지이 사니는 돌아간다는 명령을 철회했다.

이것은 분명 두 마두의 짓이 분명했다.

신분이 발각되자 지금까지 숨겨왔던 두 마두의 성정이 더 이상 감추지 못하고 드러난 것이리라.

한꺼번에 마두 두 명이라고?

그것은 홍초니도 불가능할 것이다. 청사군이 제거했다는 것은 결국은 마두 두 명 모두가 아니라 한 명일 것이다. 나머지 한 명은 지금 달아나는 중이다. 어쩌면 두 놈 다 달아나는 중이거나, 지금 이 순간에도 어디 숨어서 복수의 기회를 노리고 있을지도 모르는 일이고.

늦기 전에 그 사실을 밝혀내야 한다.

홍초니 지이 사니는 진로를 바꿨다.

다시 마두의 추적이 시작되었다.

*   *   *

완당군 여상추가 안 보인다는 말에 정무련은 발칵 뒤집혔다.

특히 여일위는 그의 행적에 상당히 신경을 쓰고 있던 차라, 어제 나간 여상추가 아직 안 들어오고 있다는 것은 여간 신경이 쓰이는 일이 아닐 수 없었다.

"어디로 갔으리라 보십니까?"

여일위의 질문에 용비교 시보는 선뜻 대답을 못하고 머뭇거렸다.

수년 동안 봐온 여상추지만, 그가 소리없이 이렇게 장시간

자리를 비운 적은 여태껏 없는 일이다.

최소한 성도에 정무련이 건설된 이후 그런 적이 없었다.

"실수입니다. 우리가 너무 방심하고 있었습니다."

여일위는 서둘러 서류를 정리하며 중얼거렸다.

"미처 생각지 못하고 있었습니다. 그가 때로는 겁 많은 토끼와도 같다는 것을 말입니다."

토끼라!

토끼 굴은 하나이지만, 그 굴에 출입구는 결코 하나가 아니다. 하나의 굴에 여러 갈래의 입구가 달려 있다. 이쪽에 문제가 생기면 토끼는 저쪽으로 달아난다. 이 굴을 막아도 토끼는 저쪽 구멍으로 달아나고, 저 구멍에 불을 지피면 연기는 또 언덕 너머에서 피어오른다. 그런 것이 토끼 굴이고, 그런 동물이 토끼다.

여일위의 표현이 지금의 여상추에게는 참으로 적절한 비유라고 시보는 생각했다.

위험하다고 생각되면 굴속으로 들어가 숨어버리는 토끼처럼, 하나가 막혀도 다른 곳으로 달아나 버리는 토끼처럼 여상추는 그렇게 위기를 헤쳐 왔다.

어쨌거나 생각지 못했던 여상추의 반응이다.

"혹시 그가 우리의 의도를 파악한 것은 아닐까요?"

가장 걱정이 되는 문제를 여일위가 지적하고 나섰다.

"설마요~!"

시보는 절대로 그럴 리 없다고 주장하면서도 머릿속 한구석에서는 그럴지도 모른다는 걱정이 들었다.

아무리 궁지로 몰아도 어떻게든 빠져나가는 놈이 바로 여상추니까 말이다.

마음이 급해진 여일위는 결정을 내렸다.

"아무래도 그들을 불러야겠습니다."

"너무 서두르는 것도 안 좋습니다."

시보는 항상 침착함을 잃지 않던 여일위가 오늘따라 서두르고 있다고 생각했다.

하기야 그라도 그럴지 모른다. 몇 년을 별러온 복수가 이제 끝이 가까워 보이는데, 의외의 곳에서 생각지도 못했던 변수 때문에 실패할 수도 있는 일이니까 말이다.

"어차피 부를 생각이었으니까요."

그의 한마디에 시보는 고개를 끄덕였다.

그래, 어차피 '늑대'와의 연락을 위해서 그를 가까이 불러다 놓고 있었다. 그들이라면 알아낼지도 모른다. 그리고 적절한 대응 방법도 말이다.

시보는 여일위의 판단이 적절하다고 믿었다. 마음 한구석에는 알 수 없는 불안감이 싹트고 있었지만.

第五十五章

평생을 지켜주고 감싸줄게

狼王 왕

이단은 좀 난감했다.

일이 생각 밖으로 안 풀려서다.

일이란 것이 바로 차가람의 뒤를 쫓는 것인데, 벌써 그녀의 발자국을 놓치고 만 것이다.

사실대로 말하자면, 발자국이라는 것이 애초부터 있던 것도 아니다.

아미산인지라 산에 유람 온 사람들도 많았고, 그렇다고 겨울 눈 위에 발자국이 찍힌 것도 아닌지라 그저 그녀가 갈 것 같은 방향으로 쫓아가는 게 전부인데, 언제부턴가는 그녀가 지나갔다는 말이 없었다.

놓친 것이다.

정작 문제는 어디에서부터 그녀를 놓쳤는지 그것부터 알 수 없다는 것이다.

이럴 때 설아가 조금만 도와주면 한결 일이 수월하건만, 절대로 이단이 차가람을 찾는 일을 도와줄 설아가 아니었다.

뻔히 이단이 차가람을 놓치고 발을 동동 구르는 것을 알면서 설아는 콧노래를 부르며 한가롭게 풀을 뜯고 있었다. 마치 잘되었다는 것처럼 말이다.

이단은 설아에게 도움을 청하는 말이 목구멍까지 치밀어 올랐지만, 그것을 뻔히 알면서 모른 체하는 설아의 모습을 보고는 억지로 뱃속으로 꿀꺽 삼켜 버렸다.

당장은 먹을거리부터 챙기고, 앞일을 생각하고 볼 일이다.

도대체 차가람은 어디로 가고 있을까?

고적은 그런 설아가 이해가 안 갔다.

도대체 이단을 왜 쫓아다니는 것일까?

아니, 정말 설아가 앞을 못 보는 맹인인 것은 맞는가? 그런데 어떻게 저렇게 멀쩡하게 보통 사람처럼 행동하는 거지?

생각해 보면, 설아가 항상 보통 사람과 똑같은 것은 아니었다.

처음 그녀를 보았을 때 분명히 맹인이라고 생각이 들었는데, 언제부터인가 설아는 정상인처럼 행동을 하고 있었다.

마침 사람들이 둘러앉아 점심을 준비하는 차인지라, 고적은 묻고 싶은 것들을 설아에게 묻기로 했다.

고적이 다가서는 것을 보고 설아가 고개를 든다. 하지만 그녀가 맹인이라는 것을 증명이라도 하는 것처럼 두 눈은 꼭 감겨 있었다. 유난히 긴 속눈썹이 꼭 감긴 두 눈의 윤곽선을 확실하게 그려주고 있었다.

설아의 고개가 자신 쪽으로 향하자, 큰맘 먹고 다가서던 고적은 흠칫 놀랐다.

역시 맹인이 아니야. 그럼 뭐지?

나를 보고 이쪽으로 시선을 돌린 것이 확실할까? 인기척 때문에 그런 것은 아닐까? 보여도 눈을 뜨고 있어야 보이지, 저렇게 두 눈을 꼭 감고 있는데 뭐가 보인단 말인가!

그러고 보니, 설아가 눈을 뜨고 있는 것을 본 적도 없었다.

고적으로서는 도저히 알 수가 없는 설아의 모습이었다.

때마침 나무 위에 앉아 있던 매가 삐이이― 하고 울음을 토했다.

그리고 그 울음소리에 고적은 용기를 냈다.

"키우는 겁니까?"

"뭐가요?"

고적은 설아의 목소리가 참 아름답다고 느꼈다. 마치 빙판 위로 옥구슬이 떼구루루 구른다면 저렇게 울릴 것이다.

"아, 저 매 말입니다."

"아!"

설아는 미소를 지으면서 매를 향해 얼굴을 돌렸다.

확실히 두 눈으로 보고 있는 사람 같았다.

"키우지는 않아요. 단지 같이 있을 뿐이지."

설아는 들고 있던 붉은 덩어리를 매를 향해 던졌다. 순간 매는 기다렸다는 듯이 그것을 낚아채서는 발로 잡고 주둥이로 찢어 먹기 시작했다.

그제야 고적은 설아가 던진 것이 바로 고깃덩어리라는 것을 알 수 있었다. 설아의 수중에 그것의 껍질이 들려 있었다.

"뭡니까?"

"쥐요."

설아의 아무렇지도 않은 한마디에 고적은 슬쩍 인상을 찡그렸다.

"쥐이~?"

그런 고적의 기분은 생각지도 않고 설아는 대답했다.

"웅! 좀 전에 잡아서 아직 따듯하답니다."

설아는 다시 매를 바라보며 빙긋이 미소를 지어 보였다.

고적은 문득 그 미소를 자신에게 보여준다면 좋겠다고 생각을 했다.

"커허험, 험! 그럼 키우는 것이 맞는군요. 먹이도 잡아주고 잠자리도 마련해 주고 이렇게 쉴 곳도 제공하니까 말입니다. 길들이기가 여간 어렵지 않았을 텐데……."

설아는 정색을 하고 대답했다.

"길들이지 않았어요."

"길들이지 않았어요?"

고적은 설아가 농담을 한다고 생각했다.

야생의 날짐승이 사람이 바로 이렇게 지척에 있어도 날아 가지 않고 가만히 있다는 것은 길들이지 않으면 불가능한 일이다. 하다못해 집에서 키우는 닭도 사람을 보면 은근슬쩍 자리를 피하지 않던가 말이다.

"농담도 잘하십니다."

"농담 아닌데……."

때마침 매가 다 먹었다고 삐이이거렸고, 설아는 시선을 매를 향해 돌렸다.

고적은 그런 설아의 말과 매의 행동을 길들인 것이 아니라, 처음부터 새끼 때부터 키워서 자연스럽게 그렇게 된 것이라고 받아들였다.

"그럼 언제부터 키우셨습니까?"

설아는 정색을 하고 약간은 짜증이 섞인 표정으로 대답했다.

"키우지 않았어요."

"아, 알았어요. 키우지 않는군요. 그럼 언제부터 함께하고 있는 것입니까?"

"한… 일 년? 그 정도 되네요."

"일 년이라……. 매는 참 빨리 자라는군요. 저거, 매 맞죠? 솔개가 아니고."

"예, 매 맞아요. 그리고 목아는 나랑 만날 때 이미 다 자라 있었어요. 하지만 다쳐서 사냥을 할 수 없었지요."

"아, 이름이 목아군요. 그럼 누가 키웠습니까? 아아, 키운 게 아니라… 그래요, 누구랑 함께 있었습니까?"

또 고적이 키운다는 표현을 써서 슬쩍 얼굴을 찌푸리던 설아는 그때가 생각난다는 것처럼 대답했다.

"글쎄~요! 전에 누구랑 같이 살았는지는 나도 모르죠. 물어본 적이 없으니까. 분명한 것은 우리는 서로 필요한 것을 보충해 줄 수 있다는 것이지요. 나에게는 눈이 되어 주고, 나는 목아가 사냥하지 않아도 되게 해 주고! 처음 내가 목아를 만났을 때에는 너무 늙은 데다, 제 힘으로 사냥을 할 수 없을 만큼 다친 상태였지요. 까치 떼랑 싸움을 벌이다가 수에 밀려서 말이지요. 알아요? 이단이 그러는데, 세상에서 가장 똑똑한 새가 바로 까마귀래요. 그리고 까치는 그 사촌이고. 그래서 도구를 쓸 줄도 알고 무리 지어 생활할 줄도 안대요."

고적은 슬쩍 인상을 구겼다.

또 이단 이야기가 흘러나온다.

"어쨌거나 목아는 그래서 거래가 이루어졌어요. 나는 목아에게 먹이를 주고, 목아는 내게 눈이 되어주는 거죠."

설아가 슬쩍 손을 흔들자, 매는 펄쩍 뛰어서 설아 손 위에 날아내렸다.

설아의 말이 맞았다.

매는 발로 먹잇감을 움켜쥐어야 하는데 저 매는 발톱이 없었다.

발톱이 없다는 것은 매에게 치명적인 상처다. 발가락 모두 발톱이 없는 것이 아니라, 뒤쪽으로 난 발가락에 발톱이 없었다. 그래서는 먹이를 움켜쥘 수가 없다. 사냥을 하려면 날카로운 발톱으로 마치 낚싯바늘처럼 앞뒤에서 콱 찍어서 움켜쥐어야만 하는데, 저래서는 먹잇감을 움켜쥐지 못하기 때문에 사냥을 할 수가 없다. 지금도 설아가 쥐를 잡아서 껍질을 벗기고 살덩어리만 매에게 던져 주지 않았던가!

"그렇군요. 저래서는 사냥을 할 수 없겠습니다. 가만……."

순간 고적은 그제야 설아가 뭐라고 했는지 알아차렸다.

"눈이 되어줘요?"

설아는 아무렇지도 않은 얼굴로 대답했다.

"예, 맞아요. 그래서 목아예요. 눈 목(目) 자, 아이 아(兒) 자. 목아."

"그러니까 지금 설아 소저는……."

고적은 자신이 제대로 이해하고 있는 것인지 다시 한 번 확인했다.

"응. 나는 목아가 보고 있는 것으로 보고 있어요. 그래서 목아가 있는 한 나는 장님이 아니죠."

설아가 팔을 뻗어서 목아를 날렸다. 설아의 얼굴이 눈에 띄게 밝아졌다. 이제는 하늘에서 모든 것을 내려다보고 있다는 듯했다.

"알아요? 매는 눈이 사람보다 열 배, 스무 배는 좋아요. 게다가 하늘을 날 수 있으니 저 높은 곳에서 나는 구석구석을 내려다볼 수 있는 거죠. 내 눈으로 보지 못해도 오히려 나는 더 잘 볼 수 있는 셈이에요."

설아는 자랑스럽게 말했다.

고적은 멍하니 설아를 바라보았다.

새의 눈을 통해 세상을 보고 있다고?

지금 그 말을 믿으란 말인가?

그녀의 말을 듣기는 들었는데, 막상 그녀의 말을 들으면서도 그 말이 사실이라는 것을 믿을 수가 없었다. 그리고 직접 두 눈으로 보고 있기도 했으니 믿어야 했다. 하지만 믿을 수가 없었다. 어떻게 그게 가능하단 말인가?

그러고 보니까, 고적이 설아를 처음 봤을 때의 일들이 생각났다.

홍교자에서다.

청성파의 동료들은 모두 죽고 놈들만 남았다.

그때 저승사자 같은 몰골을 한 이단이 나타났고, 설아가 기운을 냈다.

"아, 그러고 보니……."

기억이 났다.

설아가 기운을 차린 때가 바로 이단이 관 속에서 나왔을 때다. 이단이 나타나자 설아는 보통 사람처럼 행동했다.

'가만… 그럼…….'

고적은 설아를 다시 돌아보았다.

"그럼 설아 소저, 저 매 말고도… 그러니까……."

"다른 눈으로 세상을 볼 수 있냐고요? 있죠. 이단이요."

고적은 눈을 부릅떴다.

역시 맞았다.

"낭왕이란 말입니까?"

설아가 재미있다는 듯이 몸을 앞으로 숙였다.

"이건 비밀인데요……."

설아가 몸을 숙이니까 고적은 자기도 모르게 허리를 앞으로 굽혀서 귀를 가까이 가져갔다.

"이단이랑 나랑은 계약이 깨졌어요. 민산에서 이단이 정신을 잃었을 때 그만 깨졌죠. 그렇게 깨졌으니까 이제 이단은 내게 더 이상 눈을 제공할 이유가 없지요. 하지만 나는 몰래 이단의 눈을 훔쳤어요. 지금은 이단이 그것을 깨닫지 못하고 있는데, 이단이 그것을 다시 기억해 내면 그것을 끊어야겠지요."

설아가 코에 잔주름이 잡히면서 재미있다는 듯이 미소를

지어 보였다.

고적은 멍하니 설아의 그 얼굴을 바라보았다. 얼음장처럼 차갑기만 하던 설아에게서 저런 귀여운 면모가 숨어 있을 줄이야!

"어, 허험, 허허험."

이제 알 수 있었다.

설아가 다른 이의 눈을 통해 세상을 보고 있다는 것은 아마도 사실일 것이다.

그렇지 않고서는 설아의 너무도 자연스러운 행동이 설명이 안 된다.

맹인이 혼자 말을 타고, 쥐를 잡고, 껍질을 벗겨서 정확하게 목표한 지점에 던져 준다고?

맹인이라면 그것은 설명이 안 된다.

설아는 맹인이 아니다.

자기 눈으로 보고 있지는 않지만, 하늘을 날고 있는 매와 저기 앉아 있는 이단이 그녀에게 눈을 빌려주고 있었다. 그녀의 말을 정말로 믿는 것도 아니지만, 그보다는 설아의 입에서 이단의 이름이 자꾸 나오는 것이 싫었다.

'젠장! 왜 하필 이단이란 말인가?'

이해가 안 갔다.

왜 이런 순수하고 깨끗한 미녀가 이단 같은 표리가 다른 자와 함께 다닌단 말인가?

설아도 속고 있다.

설아뿐만 아니라 이곳에 있는 모든 사람이 이단의 속과 다른 겉모습에 속고 있다는 생각이 들었다.

고적은 주위를 둘러보았다.

이곳은 이단을 중심으로 돌아가고 있는 세상이었다. 항상 그와 함께 다니는 설아에, 개방에서 지령을 받고 이단과 동행하고 있는 해석에, 이단과 무엇으로 얽혀 있는지 그를 쫓아다니고 있는 혜민에, 이단과 같은 곳에서 나온 청사군까지. 하물며 그와 고창 형제도 사숙조의 유명(遺命)을 좇아 이단을 쫓고 있으니까.

'낭왕……'

고적은 이단에 대한 적개심으로 가슴이 터질 것 같았다.

* * *

동파는 어쨌거나 다시 당방현을 끌어내는 데 성공했다.

문제는 그녀 곁에 혹이 두 개나 달려 있다는 것인데, 그것도 만만치 않은 혹이다. 하나는 아무 때나 담화린이라는 암기를 뿌려댈 수 있는 놈이요, 다른 하나는 언제라도 칼을 휘두를 준비가 되어 있는 고수다.

따라오고 있는 이한은 이럴 때 무엇을 하고 있는지 모르겠다. 그를 도울 요량이라면 무슨 수를 써서라도 두 혹 중에 하나쯤은 떨어내야 할 것이 아닌가!

"당 소저, 내 다시 한 번 강조하지만, 이단에 대해 더 이상 속지 말기 바라오. 놈은 아주 파렴치한이오. 설아라는 계집을 끌고 다니면서 그 와중에도 주왕 차가람과 취왕 장홍란마저 건드린 듯하오. 오죽하면 내 그놈의 정체를 까발리는 것을 사명으로 여기고 있겠소."

동파는 다시 한 번 당방현에게 그 사실을 강조했다.

그럼에도 불구하고 당방현은 눈 하나 깜짝하지 않았다.

모든 일은 자기 눈으로 봐야만 믿을 수 있겠다는 투다.

당방현이 그렇게 묵묵부답으로 일관하자 동파는 화가 났다.

하지만 곧 홍주산이다. 이단이 두 마두를 죽였다는 바로 그곳이다. 이제 그곳에만 가면 이단에 대한 진실을 밝혀낼 수 있을 것이다.

동파는 그렇게 생각했다.

그러다가……

"아차!"

정신이 번쩍 들었다.

갑자기 내뱉는 그의 놀란 소리에 사람들이 모두 그를 바라본다. 황급히 아무 일도 아니라고 동파는 손을 내저었다.

이거 큰일이다.

이단에 대해서 그가 지어낸 이야기를 정작 믿어야 할 사람은 꿈쩍도 않는데 거짓을 지어낸 자신이 진실이라고 믿고 있었다.

'아니, 이 완벽한 거짓말을 도대체 왜 믿지 못하고 있는 거지?'

이해가 안 갔다. 거짓말을 지어낸 자신마저 속을 정도인데 말이다.

어쨌거나 이래서는 안 된다. 무언가 다른 수를 내야지.

동파는 이한을 불렀다. 이건 그 혼자 힘으로는 안 되고, 밖에 조력자가 있어야 한다. 아무래도 이한이 그를 도와야 할 것 같았다.

홍주산에서 명성을 자랑하던 홍교자는 이미 재가 되어서 그 터만 남아 있었다.

"여기에 음마와 식마가 숨어 있었다는 게 정말이오?"

동파의 질문에 사람들은 이구동성으로 대답했다.

이단 일행은 그곳을 떠났지만, 현장 발굴은 지금도 계속되고 있었다. 어디를 파든 상관없이 유골이 나왔다. 홍교자의 주위는 온통 유골 천지였다. 공동묘지가 따로 없을 정도다.

홍교자 주위에 모여 있던 객잔들도 모두 한목소리로 홍교자에서는 밤이면 이상한 곡소리가 나왔다는 둥, 어쩐지 그 집 음식이 약을 탄 것 같았다는 둥 온갖 소리를 해대며 홍교자를 욕했다.

그럴 만했다.

아무리 발에 땀이 나도록 쫓아가도 홍교자의 회과육 솜씨를 따라갈 수가 없었는데, 그게 정작 알고 보니 식재료에서부터 차이가 난 것이었으니, 그동안 홍교자를 통해 겪었던 설움을 이 기회에 다 쏟아내고 있었다.

때마침 정무련에서 나온 사람들이 상황을 정리하고 있었는데, 그들은 또 다른 일로 정신없이 바빴다. 마두가 살던 곳, 그 마두들이 처단된 곳이라는 소문에 사람들이 그곳을 찾아오고 있었기 때문이다.

음마와 식마를 처단한 것은 수라방의 외무사 이단이고, 그들을 처음 찾아낸 것도 정무련에서 파견 나온 청사군이요, 그 두 마두를 잡는 데 온 힘을 다 쏟은 곳이 바로 검각의 봉문이다. 한마디로 두 마두를 처단한 공은 모두 정무련인 셈이다. 그에 반하여 아미파는 바로 그들의 턱 밑에서 두 마두가 일을 벌이고 있었던 것도 몰랐고, 청성파는 괜히 쫓아와서 고씨 두 형제만 남고 나머지는 다 죽는 횡액을 당했다.

정무련이 이런 기회를 놓칠 리가 없다.

이곳의 현장 마무리야말로 아미산 인근에 정무련의 이름을 드높일 수 있는 절호의 기회인 셈이다.

하지만 그 현장에 도착한 동파의 얼굴은 결코 밝지가 않았다.

지금까지 그가 오면서 열심히 했던 말들이 모두 거짓말이 되어버렸기 때문이다.

반대로 당방현은 이것 보라는 식으로 커다란 덩치의 동파를 흘겨보고 있었다.

"정말… 정말 세상 사람들이 모르고 있는 것이라오. 이단 그놈은 그럴 실력도 안 되고 그럴 재간도 없소. 놈이 이런 이름을 얻게 된 것은 오로지 청사군의 희생과… 그래, 명문의 청성파가 어떻게 몰살을 당했겠소? 놈은 그저 옆에 있다가 우연히 행운을 집었을 뿐이오. 그렇지. 어부지래(漁父之來)! 어부지래라는 말이 이럴 때 딱 들어맞지 않소?"

동파는 목소리를 높였다.

"어부지래? 어부가 왔다구요? 어딜? 와서 무엇을 했게요? 어부지래가 아니라 어부지리(漁父之利)겠지요. 그렇다 하더라도 그건 아닌 것 같군요. 만약 낭왕이 공을 가로챘다면 그 공을 빼앗긴 청사군이나 검각의 봉문이 가만있을 리가 없지 않나요?"

동파의 얼굴이 시뻘게졌다.

좀 전까지만 해도 한입에 삼키고 싶을 정도로 귀엽던 입술이었지만 지금은 조곤조곤 따지고 드는 저 어린 계집의 주둥이를 찢어버리고 싶을 정도로 미웠다.

"이한, 이 녀석은 어디 가서 뭐 하고 있어?"

화가 나서 소리치던 동파는 자신의 또 다른 실수를 깨달았다. 이한은 지금 그의 밀명을 받고 다른 일을 벌이고 있는 중이다. 그런데 이한의 행적을 자신이 밝히고 있는 셈이다.

'흥분하면 안 돼. 흥분하면 지는 거다. 흥분하지 말아야지.'

동파는 자신에게 주문을 걸었다.

지금 이한은 열심히 일을 준비하고 있을 거다. 이 와중에 자기가 여기에서 초를 치면 안 된다.

"어쨌거나… 그리된 것이오. 좀 더 확인해 보십시다."

동파는 사람들을 이끌고 다음 현장으로 이동했다.

사망한 청성파의 유골함이 이른 아침에 현장을 떠났기 때문에 그들은 고씨 형제가 사숙조와 동료들을 화장했다는 장소로 안내되었다. 겉으로는 청성파의 불운에 함께 슬퍼하는 것 같지만, 굳이 화장터까지 사람들을 안내할 이유가 그들에게는 없었지만, 정무련은 그것도 놓치지 않고 있었다. 과정이 어쨌든, 청성파의 몰살은 그만큼 정무련의 이름을 드높이는 셈이니까 말이다.

"청사군의 보고에 의하면, 사실 청성파의 진인들은 정작 두 마두를 만나보지도 못한 것으로 보입니다. 그들이 이곳에서 두 마두의 끄나풀들과 혈전을 벌이는 동안 마두들은 뒷문으로 달아나고 있었으니까요."

설명을 하는 무사는 신이 났다.

그래도 동파는 처음에는 기분이 나쁘지 않았다.

정무련—정확히 말하자면 병가보와 정무전—에서 나온 사람들이 갈왕 동파를 모를 리가 없었고, 당연히 동파는 이곳에서 대접을 받을 수 있었다.

그러니 그가 데리고 온 손님들 역시 특별 대접을 받게 되는 것 또한 당연한 일이고.

그렇게 동파는 일행을 끌고 이곳저곳을 돌아다녔다.

그런데 가면 갈수록 동파는 기분이 나빠졌다.

가는 곳마다 사람들—정무련의 동료들은 낭왕 이단에 대한 칭송만 늘어놓고 있었다.

한마디로 이곳은 영웅 이단의 성지나 마찬가지였다.

뒤늦게 그것을 알아챈 동파는 자신이 길을 잘못 들었다는 것을 깨달았다.

애초에 이곳은 정무련에서 이단 영웅 만들기의 계획 아래 진행되고 있는 행사장이다. 그런 곳으로 이단의 정체(?)를 까발리겠다고 그들을 끌고 온 것이 잘못이다.

"이단이 오늘 아침에 청사군과 함께 이곳을 떠났다 하니, 많이 좁혀온 거요. 이제 오늘 밤은 여기에서 쉬고 내일 이른 아침에 그를 쫓아가십시다."

더 돌아다니면 큰일이 나겠다 싶은지 동파는 동료들을 설득했다.

굳이 반대할 이유가 없었다.

홍주산에 오기 전만 해도 이단의 행적에 몸이 달아 있던 당방현도 여기저기에서 낭왕 이단에 대한 소리를 듣고 있으니까 이단이 바로 지척에 있는 듯한 느낌이 들었고, 그러니 안심하고 쉴 마음이 들었다.

당방현이 쉬겠다면 쉬는 거다. 굳이 그것을 반대할 당방흔이나 실명객이 아니다.

"어쩔까요? 우리 정무련에서 가까이 손님들이 쉬실 만한 객잔을 마련해 놓은 듯한데……."

반드시 그곳으로 가야 한다. 말은 그렇게 하면서 동파는 입이 탔다. 그것을 감추기 위해 혀를 날름거리며 입술에 침을 묻혔다.

"홍주산에도 저희 모기장의 다원이 있습니다."

아니나 다를까, 역시 모기장에서 나온 실명객이 말했다.

동파는 잽싸게 그의 말을 가로챘다.

"아아, 어제는 제가 모기장의 신세를 졌으니까, 오늘은 제가 그 신세를 갚을 기회를 좀 주시구려. 저희 정무련의 객잔으로 모시겠습니다. 어서, 어서……."

동파는 다른 사람들의 대답은 듣지 않고 사람들을 채근했다. 얼결에 그의 손에 이끌려서 사람들은 정무련의 객잔을 안내되었다.

동파는 신이 났다.

오랜만에 모든 일이 계획대로 진행되고 있었다.

사람들은 그의 안내에 따라 예정된 객실에 여장을 풀었고,

모두 한데 모인 자리에서 때마침 이한이 들어왔다. 그는 눈짓으로 진도에 착오가 없음을 알려주었고.

동파는 벌써부터 흥분되고 있었다.

이제 막 음식들이 배달되던 찰나, 파발이 그들을 찾아 객잔으로 들어왔다. 정확히는 그들 중에서 모기장에서 나온 실명객을 찾아서.

내용은 지극히 간단했다.

모기장에서 실명객을 찾는다!

그리고 예상대로 실명객은 음식을 먹다 말고 사람들에게 양해를 구한 후 자리를 떴다.

당방현이 많이 아쉬워했지만, 상관없는 일이다.

어쨌거나 주인이 부르니 사냥개는 돌아가야 하고, 사냥감은 여기 남겨졌다.

그래서 동파는 신이 났다.

'남은 장벽은 이제 모래 가지고 장난치는 저놈 하나뿐이란 말이지!'

음식에 코를 박고 있으면서도 동파는 눈으로는 당방혼의 행동을 쫓았다.

*   *   *

후영한조는 천천히 걸음을 옮겼다.

해도 지고 있으니, 이제 느긋한 마음으로 흐르는 강물에 낚싯대나 던질 생각이다.

이제는 현업에서 한발 물러선 마당에 그에게 급할 일은 아무것도 없었다.

가끔 전노군 유장한이 부르면 가서 말상대를 해주고, 어쩌다가 수하들이 해결 못하는 일이 있으면 한 팔 거들 뿐이다. 전노군마저 현업의 모든 일을 다른 사람들에게 맡기고 있는 마당에 후영한조 정운이 나설 일은 거의 없었다.

그래서 정무련 상고각에서 퇴청하는 대로 매일 하는 소일이 바로 아롱강(雅礱江)의 강물에 낚싯대를 드리우는 일이다.

오늘도 그의 일과를 방해하는 일은 없었다.

이단이 아직 돌아오지 않고 있다는 일이 자꾸만 신경에 거슬렸지만, 이단이야 자기가 알아서 잘할 일이다.

그가 처음 거둔 제자가 이단이고, 그가 거둔 유일한 제자 역시 이단이다. 그와 사제지간의 연을 맺은 것도 아니지만, 어쨌거나 정운은 자신의 평생의 심득을 이단에게 전수했다.

그러면서 왜 이단을 그의 정식 제자로 거두지 않았을까?

정운은 그렇게 함으로써 이단을 예속시키고 싶은 마음이 없었다.

이단은 이단의 인생이 있고, 그에게는 그에게 속박된 인생이 있었다.

정운은 평생을 전노군 유장한의 뒤에서 지냈다.

본인의 타고난 실력만으로 이야기를 하자면, 결코 전노군보다 뒤진다고 생각한 적이 없었다.

하지만 그는 항상 전노군의 뒤였다.

왜일까?

처음이 문제였다.

그가 일을 시작할 때 전노군의 밑에서 시작을 했고, 그렇게 한창 하다 보니 전노군의 뒤에 자리하고 있었다. 그냥 그렇게 길들여진 것이다.

왜 이렇게 된 것일까 생각하게 되었을 때에는 너무 이미 멀리 와 있었다. 모든 사람들이 그렇게 알고 있었고, 그마저도 그런 것이 정상인 것처럼 느끼고 있었던 것이다.

이단은 뛰어난 놈이었다.

이해가 밝았고, 셈이 정확했다. 그렇다고 정이 없는 것도 아니다. 신세진 것이 있으면 그것을 꼭 갚으려 했다.

바로 그 때문에 정운은 이단을 제자로 받아들이지 않았다.

이단을 제자로 받아들이면, 이단의 인생 역시 그리될 것이다. 유장한 뒤의 정운처럼 유달 뒤의 이단으로 말이다.

하지만 이단은 그럴 그릇이 아니다.

오히려 몇 살 많은 유달보다 이단은 더 빠른 성취를 보여주었다. 그리고 그 속에는 유달이 잘 때 노력하는 이단이 있었고. 신세를 갚지 않고는 못 사는 성품, 그 뒷면에는 지고는 못 사는 성격이 담겨 있었고, 정운은 이단의 그것에서 자신의 이루지 못한 꿈을 보았다.

그래서 정운은 이단을 구속하지 않았다.

신세를 졌으면 돈으로 셈하라 했다. 돈으로 안 되면 땀으로
갚으라 일을 시켰다. 셈을 따졌고, 때로는 더럽다 싶을 정도
로 이단을 채근했다. 그렇게 유장한이 이단에게 씌울 굴레를
벗어날 수 있도록 그의 앞에 길을 열어주었다.

유장한이 이단을 아끼는 마음을 안다.

하지만 그 마음이 결코 그의 아들을 위하는 마음보다 더할
수는 없는 법이다.

전노군 유장한의 그릇이 그뿐이다.

그래서 자신의 곁에서도 멀어지게 되었지만, 덕분에 이단
에게는 날개를 달아줄 수 있었다.

그리고 이단은 충분히 그의 성취를 보여주었다.

정운은 이단의 성공이 제 일처럼 기뻤다.

정무련 상고각에서는 남들 보는 눈이 있어서 마음껏 즐거
워하지 못했지만, 이제 혼자 있게 된 이상 남의 눈치를 볼 이
유가 없었다.

"잘났다, 이 개자식아~!"

정운은 마음껏 소리를 질렀다.

"그래, 그럼 네 마음껏 날아봐라. 하늘이 얼마나 높은지 네
놈이 한번 알려줘 봐라, 이놈아!"

통쾌했다.

이단이 유달을 뿌리치고 식마와 음마, 두 마두를 처치했다는 이야기를 들었을 때에는 그 자리에서 환호성이라도 지르고 싶었다. 하지만 유장한이 바로 옆에 있는데 그럴 수는 없는 일이고.

그래서 지금 목이 터져라 소리를 지르고 있었다. 숲을 뚫고 나간 함성이 강 건너편에 반사되어 메아리쳤다.

시원했다.

정운은 빙긋이 미소를 지었다.

이제 놈은 어떻게 할까?

아직 놈이 돌아오고 있다는 보고는 없었다.

또 어딘가를 간다고 하던데…….

안 돌아오는 것이 좋을 것이다.

아암, 그렇게 유장한의 가슴을, 애간장을 녹여야 한다. 그래야 사람 중한 줄 알고 있을 때 잘할 것이다. 일한 만큼, 그리고 소질이 있는 만큼 대우할 줄도 알게 될 것이고, 유달의 부족함과 이단의 넘치는 실력을 비교하게 될 것이다.

유장한이 진정으로 유씨 가문보다 수라방의 미래를 생각한다면 유달이 아니라 이단을 택해야 한다.

이미 청사군은 유달을 떠났다. 그리고 청사군은 수라방의 미래다. 십 년 후, 그들은 수라방 내 표국의 국주는 못 되어도 표파자 내지는 표국의 부국주가 되어 있을 것이고, 수라방은 그들의 시대를 맞을 것이다.

유장한은 알아야 한다.

유달은 수라방의 미래가 될 수 없다는 것을 말이다.

후영한조 정운은 그런 생각을 하면서 강가로 나갔다.

아니, 강가로 나가려고 했다.

그런데 나가지 못했다.

그를 부르는 사람이 있어서다.

"후영한조 어른 맞습니까?"

정운은 들어본 듯한 목소리에 굳이 긴장을 하지 않았다. 숲의 어두운 그림자 속에서 나오는 그를 보고는 자신의 기억이 맞다는 것을 확인했다. 역시 아는 사람이다. 아는 사람이라기보다는 정무전에서 한두 번 본 적이 있는 얼굴이다. 분명히 자신에게 이름을 밝힌 것 같은데, 기억이 없다. 정운은 확실히 자신이 현업에서 은퇴했다는 사실을 깨달았다. 표국의 일원으로서 사람의 얼굴을 기억하고 인맥을 쌓는 것만큼 중요한 일도 없는데, 그런 것이 뒷전이 된 지 오래다. 이 사람 얼굴을 기억하면서도 이름이 생각나지 않는다는 게 그 증거다.

"병가보의 뉘시더라?"

"아, 그런 게 아니오라, 대인께 소개해 드리고 싶은 분이 있어서 왔습니다."

"나에게? 누구를?"

후영한조 정운은 고개를 가로저었다.

그를 찾아온다고?

드문 일이다.

그는 청탁이나 뇌물과는 아예 담을 쌓은 사람이다. 게다가 현업에서 물러났을 뿐만 아니라 정무련 상고각에서도 아무런 직책을 맡지 않은 자신에게 누가 찾아올 일이 어디 있다고.

정운은 어두운 그림자 속에서 느릿느릿 다가오는 사람을 실눈을 뜨고 바라보았다. 처음에는 자세히 보기 위해서, 다음에는 그의 실력을 가늠하기 위해서.

정운은 직감적으로 알아차렸다.

'고수다!'

고수는 고수를 알아보는 것이다.

용모를 알아볼 수 없을 정도로 산발한 머리가 근 몇 년간 한 번도 빗질을 한 것 같지가 않다. 하지만 어둠 속에서도 빛나는 두 눈은 그의 내공 실력을 가늠케 하기에 충분했다.

"뭐야? 그림자라기에 봐줄 만한 실력인 줄로만 알았는데, 이건 월척이잖아!"

그의 말에 이곳저곳에서 사람들이 나타났다.

다가서는 그림자는 나서는 자들을 손을 들어 제지했다.

"아서라. 애초에 너희들 상대가 아니다."

"하지만 장군……."

장군이라 불린 그림자는 그들의 말은 더 이상 듣고 있지도 않았다. 전신에서 투기를 발산하면서 성큼성큼 정운을 향해 다가올 뿐이다. 그리고 그것만으로 이미 충분한 효과를 보이고 있었다.

다가서던 그림자들은 물러서고, 정운은 준비를 했다.

'아쉽군. 전용 낚싯대를 갖고 왔어야 하는데……'

정운은 슬쩍 손에 들고 있는 낚싯대를 바라보았다.

이건 일반 대낚시 조간이다.

한마디로 전투용이 아니다. 내구성에서 떨어지고, 탄력성에도 문제가 있다. 제대로 실력을 발휘하기에는 많이 부족했다.

하지만 후회는 아무리 빨라도 늦는 법이다. 늦은 후회는 또 아무리 해봤자 소용없는 법이고. 정운은 쓸데없는 잡념을 지워 버리고 결전에 임했다.

낚싯대가 휘어지며 낚싯줄이 날아갔다. 줄 끝에 걸린 바늘이 별처럼 반짝였다. 조사는 마치 밤공기를 타고 퍼지는 안개처럼 흩어졌고, 조간은 안개 속을 꿰뚫는 빗줄기처럼 떨어졌다. 낚싯바늘이 물을 차고 뛰어오르는 물고기처럼 그 사이를 누볐다.

파바바바!

장군은 양손의 정권으로 안면만을 막을 채 앞으로 한 걸음 내디뎠다. 순간 그의 전신을 향해 쏟아지는 빗줄기. 낚싯대, 바로 조간이다. 그의 온몸을 휘감는 낚싯줄이 그의 동작을 구속했다. 행여나 그런 방해물을 뚫고 움직일라 치면 낚싯바늘이 그의 눈을 노리고 파고들었다.

방법은 하나뿐.

이 모든 것을 무시하고 무작정 앞으로 나가는 것뿐이다.

다시 한 번 진일보!

장군은 앞으로 또 한 걸음 나갔다.

일방적인 공격이지만, 정운은 결코 자신에게 유리한 상황이 아니라는 것을 알고 있었다.

쉼없는 그의 공격은 여전히 상대의 방어막을 뚫지 못하고 있었다. 가벼운 생채기뿐. 시간이 흐를수록, 그리고 두 사람의 거리가 가까워지면 질수록 정운의 표정은 심각해져만 갔다.

이제 정운까지 거리는 오 보. 큰 걸음으로 다섯 발자국. 더이상 거리를 좁힐 필요가 없다고 생각한 장군은 몸을 앞으로 숙이며 정권을 내질렀다. 강력한 권풍이 그의 주먹에서 뿜쳐나와서 날아갔다.

푸화아아앙!

정확했다.

그가 날린 주먹은 정확히 정운의 가슴팍에 격중되었다. 아니, 가슴을 가린 그의 조간을 쪼개고 파고들었다.

정운의 신형이 날아간다.

장군은 처음에는 이겼다고 생각했다. 하지만 그의 주먹을 통해서 전해지는 느낌이 생각보다 가볍다는 것을 알았을 때,

장군은 일이 잘못되었다는 것을 깨달았다.

휘이이아아앙!

장군의 정권에 그대로 격중된 정운의 신형이 허공을 갈랐
다. 하지만 시간이 가면 갈수록 떨어지는 것이 아니라, 더욱
빠른 속도로 날아가고 있었다.

"놓칠까 보냐!"

소리치며 장군은 신형을 솟구쳤다.

지금 땅을 차고 뛰어올랐을 뿐인데, 어느새 장군의 신형은
까마득하게 멀어질 것만 같았던 정운과의 거리를 좁히고 있
었다.

정운은 바로 그 순간을 놓치지 않았다.

슉!

장군은 날아오는 비침을 잡았다. 그냥 침이 아니라 낚싯바
늘이다. 아니, 잡았다고 생각하는 순간 그것이 가짜라는 것을
알았다.

'그럼 진짜 바늘은?'

파사학!

질문을 던지는 것과 동시에 몸을 뒤집었지만 늦었다. 장군
이 비침이라고 생각한 실 묶음을 잡아채는 순간, 그는 이미
정운이 쳐놓은 그물에 걸린 셈이다.

그리고 어둠 속에 감춰져 있던 진짜 낚싯바늘은 망설임없
이 장군의 한쪽 눈을 찢었다.

'골육지계(骨肉之計), 살을 주고 뼈를 취한다!'

피하기는 늦었다고 생각하는 순간, 장군은 더욱 빨리 정운을 향해 날아갔다.

'피할 줄 알았건만……'

그리고 그의 그런 결정은 정운을 휘어잡기에 충분했다.

대부분의 사람들은 한 대 맞으면 뒤로 물러난다. 칼에 찔리면 주저앉는다. 암기에 당하면 다음 암습에 대비하고자 수세를 취한다.

하지만 장군은 그렇게 하지 않았다.

오히려 정운의 한 수가 그를 위기로 몰아넣었을 때, 그때가 되어서야 더욱 분발했다.

그리고 그것은 틈을 벌려던 정운의 허를 찌르는 일격이었고.

푸후욱!

정운은 조간을 부러뜨리며 자신의 복부로 파고든 장군의 주먹을 내려다보았다.

그리고 그의 신형이 아래로 추락했다.

풍덩!

포말이 일어나고, 물결이 출렁거렸다.

"찾아라! 놈은 멀리 못 갔다!"

장군은 착지하자마자 명령부터 내렸다.

"장군."

백발이 성성한 수하 한 명이 다가왔다.

아는 얼굴이다. 사 년 전 헤어질 때 죽은 줄로만 알았는데 아직 살아 있었다.

"상처에서 아직도 출혈이 있으십니다."

그제야 장군은 아직 그의 눈에 낚싯바늘이 박혀 있다는 것을 기억해 냈다.

그는 망설임없이 낚싯바늘을 잡아당겼다.

팍! 하고 피가 튀었다. 안으로 휘어지고, 다시 그 안쪽으로 돌기가 있는 바늘은 그냥 뽑히지 않고 수확물을 달고 나왔다. 바로 그의 눈알이다.

"하후돈(夏候惇)은 신체발부(身體髮膚) 수지부모(受之父母)라 하며 눈알을 씹어 먹었다지. 하지만 나는 내 것이 아까워 버릴 수가 없구나."

장군은 중얼거리더니 낚싯바늘에 걸린 자기 눈알을 우적우적 씹어 먹기 시작했다.

보고 있던 휘하 병사들이 아연실색 놀라지 않을 수 없었다.

"무엇들 하는 거냐, 어서 빨리 놈을 찾지 않고?!"

장군의 말대로 정운은 멀리 달아나지 못했다.

기혈이 뒤틀렸고, 내장이 모두 자리를 이탈했다. 그게 다가 아니다. 기침을 할 때마다 각혈을 하는 것을 보니, 이미 내장 기관이 모두 손상을 입은 게 틀림없다.

'중요한 것을 놓쳤어.'

정운은 씁쓸한 표정으로 웃었다.

그를 데리고 온 자, 분명 정무전에 속한 무사다.

결국 정무전, 즉 완당군이 그자를 보냈다는 뜻이다.

그럼 그자는 완당군의 수하일까?

아닐 것이다.

그렇게 제 욕심만 차리는 자의 밑에 저런 뛰어난 무사가 숨어 있을 리가 없다.

무슨 연유가 있어서 완당군의 말을 따를 뿐이지, 그자와 완당군과는 전혀 별개일 것이다.

그 증거는 또 있다. 그의 호칭이 장군이라는 것, 그리고 그를 따르는 수하들이 십여 명인데, 하나같이 정무전이나 병가보에서 본 적이 없는 자들이라는 것이다.

그럼 결론은 하나다.

완당군이 외부 세력을 끌어들였다는 것이다.

'다음은 전노군 차례로군.'

장군이라는 자가 그를 노리는 이유도 간단하다.

정운의 별호는 후영한조. 이전에는 '등 뒤의 그림자'라고 후영조였다가, 은퇴한 뒤에는 한가(閑暇)하다는 뜻으로 한(閑)자를 더 집어넣었다. 즉, 그는 여전히 전노군의 그림자! 전노군을 치기 위해서는 먼저 정운부터 쳐야 한다. 그것이 바로 사천강호의 공식!

정운은 전노군 역시 이자의 공격을 피하지 못할 것이라고 생각했다. 특히 지금처럼 아무도 모르게 접근해서 그만을 노리고자 한다면 말이다.

'오래 기다릴 필요 없겠군.'

이다음에는 전노군 유장한의 등 뒤가 아니라, 대등하게 옆에 나란히 서서 겨루리라 다짐을 하면서 정운은 슬며시 미소를 지었다.

그의 흐려지는 시야 속으로 장군의 휘하 무사들이 한둘씩 보이기 시작했다. 그들 중 한 명이 정운의 머리를 잡고는 다른 한 손으로 칼을 치켜드는 것 같았다.

막상 떠나려니 이단이 엮을 강호 이야기가 궁금해졌다.

슈악!

*   *   *

이제 곧 이단을 만날 수 있다는 생각에 당방현은 흥분을 하고 있는 반면에 당방흔은 긴장을 하고 있었다.

이곳은 사지(死地)다. 또는 호구(虎口)다. 제 발로 동파 놈의 함정 속으로 기어들어 온 셈이다.

설마 실명객이 그렇게 간단히 자리를 뜰 줄은 미처 몰랐다.

혹시 실명객 역시 그들을 여기까지 끌고 오기 위해서 정무련에서 파놓은 함정은 아니었을까? 그것은 아닌 것 같다. 애초에 그럴 생각이라면, 굳이 여기까지 올 이유가 없었다. 첫날 정신없이 잠에 떨어졌던 당방현이나, 어제 당방현의 객실을 덮쳤던 동파—라고 확신을 하지만 물증이 없으니—를 잡을 리도 없었다.

지금 그런 것을 따져도 소용없는 일이다.

식사를 마친 두 사람은 각자 방으로 안내되었고, 자기 방으로 가자마자 당방흔은 짐 속에서 그의 독문 병기들을 챙기고 곧장 당방현의 방으로 향했다.

그리고 당방현과 이런저런 이야기를 하며 시간을 보냈다.

"오빠, 안 피곤해?"

당방현이 하품을 하며 묻는다.

"피곤하긴~! 너랑 오랜만에 이렇게 둘이서만 떠들고 있다 보니 쌓였던 피로도 다 풀린다."

"참나, 오빠도 별소리를 다 한다. 민산에 있을 때에도 항상 둘이 붙어 다녔으면서 갑자기 무슨 소리래!"

혀를 차던 당방현은 손으로 이불을 두들기며 말했다.

"난 그만 잘래. 일찍 자야 내일 아침 일찍 출발할 수 있을 텐데, 지금도 늦었어."

"아, 그래? 그럼 자라. 난 여기 있을게."

"오라버니, 여기는 제 방이거든요?"

당방현이 정색을 하고 말했지만, 당방흔은 물러날 생각을 안 했다.

"그래, 누가 뭐라던? 네 방이야. 하지만 난 아무래도 여기 있어야 할 것 같구나."

당방현이 조심스럽게 실내를 둘러보았다.

"그런 건가요?"

당방현도 그제야 알아차렸다.

이제 다 쫓아왔고, 곧 있으면 이단을 만날 수 있다는 생각에 너무 흥분한 나머지 그만 잊고 있었다.

대부분의 성범죄는 면식범에게서 일어난다.

그들은 동파와 동행을 하고 있었고, 당방현의 방에 침입한 자는 누가 뭐래도 동파다.

동파 말고는 그때 그럴 만한 사람이 없었다.

잠시 긴장을 하던 당방현은 침대에 누우면서 한 사람의 자리를 만들었다. 그리고는 빈자리를 손으로 탁탁, 두들기면서 당방혼을 불렀다.

"오라버니!"

당방혼은 피식 실웃음을 흘렸다.

"그냥 자라, 동생아."

"내일 아침 일찍 출발할 거야. 그러기 위해서라도 오라버니도 자야 해. 날이 밝을 때까지 그렇게 있을 수는 없는 일이잖아."

당방혼은 자기도 모르게 얼굴이 붉어졌다.

"그래도……."

당방현이 눈을 흘기며 채근했다.

"우리는 남매잖아, 오라버니. 뭘 그런 것을 가지고 그래. 어릴 때는 같이 발가벗고 물장구도 치고 그랬으면서."

당방현의 말에 당방흔은 얼굴이 굳어졌다.

잊고 있었다.

그들은 당방흔과 당방현, 당씨 남매다.

"맞아, 우린 남매지."

씨익 한 번 웃어 보인 후 당방흔은 당방현의 옆에 누웠다.

당방흔이 옆에 눕자 이제야 안심이 된다는 듯, 당방현은 한 번 그를 향해 미소를 짓고는 조용히 눈을 감고 잠을 청했다.

둘이 눕기에는 좀 좁은 침상이다.

당방현의 새근거리는 숨소리가 당방흔의 귀에도 들렸다. 뿐만 아니라 그때마다 흘러나오는 그녀의 숨결이 당방흔을 간지럽혔다.

행여 그녀를 깨울라 조심하면서, 당방흔은 몸을 뒤척였다.

'맞아, 우리는 남매지!'

그때 그날이 기억났다.

두 사람이 맨 처음 상견례를 했던 날이.

*　　　*　　　*

이십여 년 전, 당초석은 강호에 나갔다가 뜻밖의 횡액을 당한 일가족을 만났다.

부부와 아이 하나가 길을 가던 중에 산적 떼를 만난 것이다.

남편은 그 자리에서 죽임을 당했고, 부인은 산 채로 끌려가지도 못한 채 그곳에서 일을 당했다.

때마침 그곳을 지나던 당초석이 그녀를 구했지만, 이미 그녀의 몸과 마음은 망가질 대로 망가진 상태.

그녀는 당초석에게 아이를 부탁하고 자결을 했다.

그렇게 당초석의 수중에는 얼결에 팔자에도 없는 사내아이가 들려 있었다.

"그놈 참."

사내아이는 당초석을 처음 보는 사이임에도 놀라거나 당황하지 않았다. 꼬마 아이의 눈앞에서 두 부모가 모두 죽었음에도 울지도 않았다.

혀를 차던 당초석은 아이에게 물었다.

"무슨 일이 있는지 아느냐?"

아이는 대답했다.

"그럼에도 울지 않는다고? 두렵지는 않으냐?"

아이는 두렵다고 대답했다.

"그럼 왜 안 우느냐?"

사내아이는 대답했다. 그의 생부가 가르치기를, 사내대장

부는 일생에 딱 세 번을 우는데, 한 번은 태어날 때요, 다른 한 번은 부모가 죽었을 때라고.

"지금 네 부모께서 횡액을 당하셨다. 그런데 왜 안 우느냐?"

아이는 대답했다.

그의 부모가 노인에게 아이를 맡겼는데, 노인은 아이를 어찌할지 아직 정하지 않은 것 같다고. 그럼 그때 가서 울어도 늦지 않을 것 같다고.

아이의 당돌한 대답에 당초석은 혀를 찼다.

"울어라. 내 너를 받아줄 터이니."

그제야 아이는 울음을 터뜨렸다.

당초석은 두 부부의 장례까지 치러주고 그곳을 떠났다. 상주로서 아이는 제 몫을 충분히 다했고, 당초석은 녀석의 그런 나이에 맞지 않는 의젓한 모습이 마음에 들었다.

그래서 당초석은 결심했다.

그의 조카 중에 결혼한 지 몇 년이 지났음에도 아직 아이가 없는 조카딸이 하나 있다.

이 아이를 그들 부부의 수양아들로 삼아야겠다고.

당초석이 그렇게 그 아이를 안고 돌아와서 조카딸을 기다리는데, 돌아온 조카딸은 품 안에 핏덩이를 안고 있었다.

당소취의 딸이란다.

강호에 나갔던 당소취는 돌아오지 못하고 핏덩이 딸아이만 그녀의 사촌 언니 편으로 해서 보냈다. 당초석은 딸아이를 얻고 기뻐하고 있는 조카딸에게 사내아이를 소개했다.

　"이 아이의 이름은 당방흔이다."

　그리고 당방흔에게는 그녀가 안고 있는 핏덩이를 소개했다.

　"이 아이는 네 동생이 된다, 앞으로 네가 평생을 지켜주고 감싸줘야 할. 동생 이름을 너와 같이 방 자 돌림에 현으로 하자꾸나."

　당방흔은 그때 처음으로 자기의 동생을 안아보았다.

　거의 같은 날, 당씨 집안에 들어온 당방흔과 당방현은 남매로 자랐다.

　그 어떤 곳보다 혈연과 당씨 성을 중요시하는 곳이 바로 사천당가다. 다른 당씨 자녀들이 그렇듯이 두 사람은 서로를 의지하며 자랐다. 당방흔은 언제나 당방현의 곁에 있었고, 오라버니로서, 아니, 그 이상으로 당방현을 지켜주었다.

　당방흔은 하루가 다르게 실력이 좋아졌다.

　그에 반하여 당방현은 어리광쟁이에 투정꾼으로 자랐다.

　당초석의 조카딸은 품에 안고 온 당방현을 당초석이 데려온 당방흔보다 더 아꼈고, 일찍이 그 아이의 재능을 높이 산 당초석이 직접 당방흔을 지도하는 경우가 많았다.

피 한 방울 안 섞인 두 아이는 그렇게 남매로 자랐다.

그렇게 몇 년이 흘렀고, 그러던 어느 날, 당가타로 한 쌍의 부부가 찾아왔다.

그리고 그때 민산의 당가타는 왈칵 뒤집혔다.

죽은 줄로만 알았던 당소취가 돌아온 것이다.

그것도 결혼까지 해서 남편을 데리고 말이다.

당가에서는 당장에 조사를 나갔고, 당소취의 진술이 모두 사실이라는 것을 밝혀냈다.

잘못된 것은 없었다.

있다면 당소취가 죽었다고 보고가 올라왔던 것뿐이다.

모든 일은 그냥 그렇게 묻혀졌다.

그런데 그렇게 묻고 보니 다른 문제가 또 생겼다.

당방현의 위치 말이다.

생부, 생모가 멀쩡하게 살아서 바로 옆에 있는데, 당방흔의 동생이라고 할 수가 없었다.

두 남매의 양모는 결코 딸아이를 줄 수 없다고 발악을 했다.

당시 두 남매는 다른 곳에 가 있었기 때문에 그 사실에 대해 알 수가 없지만, 당방흔은 그런 것을 이해할 수 있는 나이가 되어 있었고, 민산에 처음 올 때의 일들을 다 기억할 만큼 총명한 그였기에 직접 보지 않아도 그 사실을 알 수 있었다.

결국 가주와 장로들은 회의 끝에 결론을 내렸다.

당소취의 모든 것을 묻어두기로 한 만큼 그의 딸아이 출생에 관한 것 역시 묻어둬야 한다고 말이다.

몇 년 전에 부모와 함께 강호로 나갔던 당소취는 사고로 기억을 잃었다가 이제야 되찾아서 신랑과 함께 민산으로 돌아왔을 뿐이다.

그것이 그 사건의 전모가 되었고, 그 외의 모든 것은 묻어두기로 했다.

그래서 여전히 당방흔과 당방현은 남매가 되었고, 당소취, 당은궐은 두 사람의 이모, 이모부가 되었다.

당방흔은 그때 새 이모 당소취와 이모부 당은궐을 처음 보았다.

당소취와 당은궐은 당방현과 자주 어울렸다.

그렇게 세 사람이 어울릴 때면 당방흔은 당초석을 찾았다.

당소취, 당은궐 부부와 함께 있으면 놀 수 있지만, 당초석을 만나면 배울 수 있다.

그리고 당방흔에게는 배움이 필요했다.

당초석은 당방흔에게 당방현을 소개하면서 말했다. 평생토록 지켜주고 감싸주라고.

그러던 어느 날, 당소추—당은궐 부부는 당방현을 데리고 강호로 나갔다.

당방흔은 지금도 그날을 기억한다.

그의 양부, 양모가 왜 그것을 허락했는지 이해가 안 간다.

그렇게 나갔던 세 사람은 둘은 못 돌아오고, 당방현 혼자만 돌아올 수 있었다.

그것도 초주검이 된 상태로 말이다.

당방흔은 화가 났다.

가주 당초석이 분명히 그에게 평생을 지켜주고 감싸주라고 했건만, 당방현이 그 지경이 되도록 그는 아무것도 하지 못했다.

당방흔은 더욱 노력해야겠다고 다짐했다.

어느새, 당방흔은 당씨 가문의 이세 형제 중에서 가장 두각을 나타내는 한 사람이 되어 있었다.

당방흔은 기억한다.

그의 원래 사마(司馬) 성에 이름이 흔이라는 것을. 그래서 당방흔. 당 씨 성에 돌림자로 방. 결국 그의 과거의 흔적이라곤 이름 끝의 한 자, 흔밖에 없었다.

* * *

당방흔은 잠들어 있는 당방현을 물끄러미 바라보았다.

지금도 그날이 잊히지 않는다.

핏덩이를 안겨주며 당초석이 하던 말을.

"동생아, 내가 평생을 지켜주고 감싸줄게."

당방흔은 조용히 손을 뻗어 잠들어 있는 당방현의 볼을 쓰다듬었다.

第五十六章

희생자가 또 있습니까?

사건 발생 후,
이십일 일.

동파는 만반의 준비가 끝이 났다는 것을 확인했다.

수하(?)를 시켜서 실명객이 자리를 떠났다는 것도 확인했고, 당방현과 당방혼이 방으로 들었다는 것도 확인했다. 뿐만 아니라 준비물의 품질까지 검사를 끝냈다.

축시(丑時)를 알리는 순라가 돌았고, 이제는 일을 시작할 때다. 지금 이때가 사람들이 가장 깊은 잠에 빠져드는 시간이다. 더불어 양기가 발동하는 순간이기도 하고.

동파는 소리없이 지붕 위에 올랐다. 완벽하게 소리를 죽이는 데 성공했다. 요즘 들어 내공이 부쩍 늘고 있다는 것을 자주 깨닫는다.

이어서 동파는 숨을 죽이며 기왓장을 집어 들었다.

어렴풋이 침상에 누워 있는 사람들이 보였다.

사람들?

이상하다. 당방현과 당방혼이 각자 방에 들었다고 보고를 받았는데, 저 방에 사람이 하나가 아니다. 두 명인가?

혹시 이 방이 아닌 것인가?

동파는 고개를 들고 방의 위치를 다시 한 번 확인했다. 맞다. 이 방이 당방현의 방이다.

그럼 남매가 같이 자고 있단 말인가?

"저런 더러운 것들! 남매가 되어가지고 둘이 붙어서 그 짓을 해?"

남녀가 한방에 있으면 할 짓이 뻔하다는 생각에 동파는 혀를 찼다.

그래도 뭐, 상관없다.

둘 중 하나가 당방현이면 된다.

동파는 준비해 온 갈대를 구멍 속으로 밀어 넣었다. 그리고 그 끝을 입에 물었다.

다음으로 준비한 가루를 안에 뿌릴 차례다.

미혼분이다.

거기에 약간의 춘약 성분을 첨가했고.

소량이지만 효과는 탁월할 것이다.

왜냐하면 그 춘약은 바로 완당군 여상추가 준 취장휘기라는 책에 들어 있는 처방전대로 지은 것이니까 말이다. 미혼분 역시 거기 적혀 있는 그대로 만들었다.

이건 오마가 사용하던 것들이다.

그러니 효과를 의심할 필요가 없으리라.

동파는 앞으로 일어날 일들을 생각하며 입김을 불었다. 생각대로 미혼분과 춘약 가루는 공기 중에 퍼졌고. 적당한 시간을 지붕 위에서 기다린 동파는 천천히, 그리고 느긋한 동작으로 지붕을 뚫고 객실 안으로 들어갔다.

덜컥!

순간 동파는 무언가가 그의 몸을 휘감는다는 것을 깨달았다.

'함정?'

하지만 그것을 깨달았을 때에는 이미 늦었다. 황급히 빠져나가기 위해 몸을 뒤척였지만, 그럴수록 그물은 더욱 촘촘히 그를 조여왔다. 게다가 그물의 마디에 달려 있는 작은 촉수돌기가 마치 낚시처럼 그의 옷을 얽어맸다.

침상에 누워 있던 하나가 뛰어내려 온다. 원통을 잡아당기는데, 그것이 동파의 온몸을 꽉 조였다.

쿠후웅!

동파의 신형이 바닥에 떨어졌다.

갑자기 켜진 밝은 조명에 동파는 순간적으로 시력을 잃었다.

정신이 흐릿해진다.

실내로 떨어지는 바람에 그 역시 미혼분에 노출되었고, 그렇기 때문에 몸에 기운이 빠져나간다. 이곳에 오래 있을수록 손해다.

놈이 다가온다.

확실히 놈이다. 년인 줄 알았는데 년이 아니라서 아깝다.

동파는 완전히 의식을 잃기 전에 내공을 끌어올렸다.

한 가지는 확실하다.

율갑혼정기는 그에게 호신강기를 안겨주었고, 그는 호신강기를 이루었다는 것이다.

그에게 내공이 있는 이상, 그리고 그 내공으로 호신강기를 펼칠 수 있는 이상 그 어느 것도 그에게 위협이 될 수는 없다.

'불모래, 독 모래만 빼면 말이지.'

"역시 동파 당신이었군."

중얼거리는 소리, 역시 그놈이다. 당방 뭐라고 했더라?

놈이 한 발 더 다가선다. 이제 조금만 더 다가서라. 그러면 내가 너를 가만 안 놔둘 테니까.

그런데 딱 한 걸음을 남겨놓고 당방흔은 걸음을 멈추었다. 이어서 들리는 기계 작동하는 소리. 동파는 사지가 옴짝달싹 못하게 단단하게 조여지는 것을 깨달았다.

이래서는 안 된다.

더 있다가는 자기가 뿌린 미혼분에 의식을 잃을 것 같고,

이 상태로 계속 지속되다가는 완전히 포박되어서 이도저도 못하게 될 것 같았다.

놈에게 한 발 못 미치지만 우선은 여기에서 빠져나가야 한다.

동파는 기합과 함께 내공을 끌어올렸다.

머리로 피가 몰리면서 어지러워진다.

호신강기를 이용한 반탄강기다. 동파가 입고 있는 옷이 풍선처럼 부풀어 올랐다. 그물은 더욱 팽팽하게 당겨지고.

순간, 눈앞으로 불꽃이 번졌다. 담화린이라고 했던가? 또 그것이다. 불모래! 그럼 그렇지. 동파가 순순히 빠져나가게 보고만 있을 놈이 아니다.

하지만 동파도 불모래에 처음 당하는 것이 아니다. 이런 때를 대비해서 준비한 것이 있다.

동파는 내공을 한껏 끌어올렸다.

파하아앙!

폭발이 일어났다. 기대했던 대로다.

결국 동파의 사지를 옭아매고 있던 그물이 장력을 이기지 못하고 터지면서 부서졌다. 뿐만 아니라, 그의 전신에 덮이던 불길도 함께 날아갔다. 입고 있던 옷이 다 같이 날아갔으니 불길도 같이 날아간 것이다.

폭발이 일어나는 순간, 당방혼은 몸을 뒤집었다. 불길과 반탄강기를 피하기 위해서가 아니라, 당방현을 보호하기 위해서다. 당방흔은 장포를 펼치며 자신과 당방현의 온몸을 가렸다. 불길이 그를 그리고 그녀를 덮쳤다. 순간 당방흔은 자신과 당방현의 온몸을 덮었던 장포를 뒤집었다. 절대로 꺼지지 않을 줄로만 알았던 불길이 순식간에 사그라졌다. 남은 불길은 주위에 번지고 있는 것들뿐.

역시 만만한 놈이 아니다. 동파는 그렇게 생각했다. 동파는 자신의 호적수로는 낭왕 이단밖에 없을 줄 알았는데, 여기또 한 놈이 있었다.

밖이 소란스러워졌다. 폭음을 듣고 사람들이 달려나왔다.

"씹할……."

욕이 절로 튀어나왔다.

하지만 이대로 있어서는 안 된다. 동파는 현행범이다. 달아나야 했다.

"너, 이 색히, 목 잘 닦고 기다리고 있어."

동파는 욕을 해대며 신형을 날렸다.

발목에 무언가가 걸린 것 같았지만 상관없었다. 아직 내력은 충분했고, 동파는 그것을 매단 채로 몸을 내뺐다.

쿠쿠쿠쿠.

순간 동파는 당황했다.

빠져나갈 수 있을 줄 알았는데, 아니다. 날아가던 몸이 덜컥 걸리면서 도로 뒤로 내팽개쳐졌다.

그제야 동파는 자신의 발목에 걸린 삭(索)이 어디에 연결되어 있는지 알았다.

그 건물의 대들보다. 날아가던 그의 신형이 묵직한 저울추처럼 들보를 들이받았다. 다행이랄까, 그가 다치기는커녕 튼튼한 나무 들보에 쩌억 하고 금이 갔다.

동파는 망설였다.

달아나기 위해서는 삭을 풀거나 대들보째 끌고 가거나 해야 한다.

"이런 씹할……."

지금 그럴 고민을 할 새가 없었다.

횃불을 든 사람들이 그를 보았고, 또 그들은 벌거벗은 그의 몸을 보았다. 사람들은 너무도 놀란 나머지 벌어진 입을 다물지 못하고 있었다.

그러거나 말거나.

동파는 삭을 풀려고 했지만 안 풀렸다. 이것 역시 사천당가의 암기 중 하나인가 보다.

방법이 없었다.

"쌍!"

동파는 소리를 내며 내력을 최대한 끌어올렸다. 그리고 신형을 날렸다. 이번에는 들보가 걸려 있다는 것을 알고 있기 때문에 더욱 힘을 냈다.

쿠구구구!

들보가 끌려 올라오는 소리가 들렸다.

될 것 같다.

동파는 기합을 내질렀다.

쿠구구구!

드디어 대들보가 뽑혔고, 부러졌다. 그를 옭아맸던 삭도 빠졌다. 동파는 순간 자유롭게 허공을 가로질렀다.

"끼이이얏호!"

자기도 모르게 탄성이 터져 나왔고.

한데 그게 다가 아니다.

커다란 칼이 하늘을 가르며 날아왔다. 그냥 칼이 날아오는 것이 아니라, 완전히 하늘을 왼편, 오른편, 두 쪽으로 가르고 있었다.

"헉!"

신음 소리! 당황한 나머지 동파의 입에서 터진 소리다.

쩌허어엉!

동파는 온몸으로 칼을 들이받았다.

그런데 그만 그게 그냥 칼이 아니라 강기다. 도기다.

누구지, 도기를 날릴 수 있는 자가?

하지만 지금은 그런 것을 생각할 겨를이 없었다. 호신강기만 믿고 있다가 그것이 깨지면서 등짝이 갈라지고 피가 튀었다.

호신강기가 깨지다니? 그럼 도기가 아니라 도강인 건가?

동파는 정신이 어지러웠다.

실수다. 자신이 미혼분에 중독되었다는 것을 잊고 있었다.
그리고 춘약에도.

동파가 피를 뿌리며 날아갔다.

사람들이 그를 쫓았다.

하지만 당방흔은 당방현만 챙겼다.

나머지는 저들이 할 일이다. 당방현의 방을 침입했던 것도
현장을 확보했고, 증인도 그 수가 충분하다. 이제 동파는 강
호에 발 디딜 곳이 없으리라.

결정적인 순간에 도기를 날린 실명객이 천천히 다가왔다.

당방흔은 가볍게 고개만 끄덕였다.

그에게 감사의 인사를 한다거나, 어찌 알고 왔냐고 묻는다
거나 하기에는 당방현의 상태가 너무도 안 좋았다.

미리 대비를 하고 있었지만, 결국은 미혼분과 춘약에 당했
다.

서둘러 몇 군데 혈을 점했지만, 이미 흡입한 미소량만으로
도 그것은 충분한 효력을 발휘하고 있었다. 정신을 잃은 당방
현이 얼굴에 홍조를 띠고 있었던 것이다.

"보통 약이 아니로군."

실명객은 고개를 저었다.

"할 수 있겠나? 지금 할 사람은 자네밖에 없네. 필요한 진
기는 내가 주겠네."

당방혼은 고개를 끄덕였다.

더 망설일 것도 없이 당방혼은 여동생을 안고 안으로 들어 갔다. 그녀의 방은 지붕이 날아가고 대들보가 부러져서 엉망 이다. 그곳에서 당방현의 옷을 벗기고 치료를 한다는 것은 불 가능하다.

세 사람은 각각 문 안과 문밖에 자리를 잡았다.

문밖에는 양손이 들어갈 구멍을 뚫고 실명객이 자리를 잡 았고, 안쪽으로는 당방혼, 당방현이 자리했다.

실명객은 당방혼의 등에 장심을 붙이고 내공을 전수했다. 그리고 당방혼은 다시 자신의 장심을 당방현의 주요 혈을 짚고 내가진기로 당방현의 체내에 있는 독에 삼매진화를 시도했다.

당방혼의 머릿속으로 구결이 흘러들어 왔다.

─이 내공심법의 이름은 당비공(唐秘功)이다.

이름을 듣는 순간, 당방혼은 깜짝 놀랐다. 그것은 그가 미 처 수련하지 못하고 있었던 내공심법의 구결이다. 바로 사천 당가의 비전 절기였다.

*　　*　　*

'여자, 여자, 여자……'

동파는 눈이 시뻘게져서 숲을 뒤졌다. 눈만 시뻘건 게 아니 다. 온몸에 피를 뒤집어쓰고 헤매고 있었다.

'아, 씨. 아퍼.'

온몸이 불에 타는 것처럼 뜨거웠다. 이대로 가다가는 머리가 터지고 온몸이 불에 타서 죽을 것만 같았다.

사람이 아니라도 좋다. 암컷이기만 하면 당나귀나 말이나 무엇이든 상관없을 것 같았다.

그렇게 헤매던 차, 동파의 눈에 물을 기르러 나온 아낙이 보였다.

젊은 처녀다. 파란 민머리가 더욱 앳되어 보인다. 회색빛의 거친 마의를 걸쳤는데, 그게 더 수수하고 정갈해 보였다.

저런 여자일수록 순음지기를 많이 갖고 있을 것이다.

동파는 망설이지 않고 그 여자를 덮쳤다.

어차피 자신이야 알몸인데, 굳이 가릴 것이 없었다.

여자가 비명을 질렀지만, 그따위 것은 신경 쓰지도 않았다. 지금 당장 그에게 필요한 것은 정기이고, 그것이 없으면 곧 죽을 것만 같았다.

무엇보다 동파는 자신이 살아야만 했다.

그래서 했다.

무작정 벌리고 꽂았다. 그리고 빨대처럼 쭉쭉 빨아들였다.

급하니까 빨아들이는 힘도 좋다.

위급하니까 다른 것도 필요없었다.

동파는 삽시간에 목내이처럼 변해 버린 시체를 내던졌다.

때마침 그녀의 비명 소리를 듣고 달려온 또 다른 젊은 처자가 보였다.

더 볼 것도 없이 동파는 그녀를 덮쳤다.

다시 구멍을 벌리고 빨대를 꽂아서 정기와 순음지기까지 다 빨아냈다.

둘을 해치우고 나자 급한 갈증이 가셨다.

이제야 정신을 좀 차릴 수 있었고, 그가 벌인 일의 결과를 볼 수 있었다.

뻣뻣하게 굳어버린 목내이 둘. 민머리는 삭발한 머리였고, 회색의 마의는 승복이다. 비구니였던 것이다.

동파는 죄책감이나 그런 것은 안 들었다.

단지 머릿속에 떠오르는 것은 서두르지만 않았어도 둘을 데리고 하는 거니까 좀 제대로 즐길 수 있었을 텐데 하는 아쉬움이었다.

"가만, 까까머리들이 여기에 왜 있는 거지?"

동파는 소리를 죽여가며 주위를 뒤졌다.

조반 준비가 한창인 비구니들이 보였다.

동파는 입맛을 다셨다.

그를 위해 진수성찬이 마련되어 있었다.

*　　　*　　　*

후발대를 통해 전해진 소식을 들었을 때, 아미파의 홍초니 지이 사니의 얼굴은 참담하게 무너졌다.

"이것으로 명백해졌다고 보오. 정무련 측에서 죽인 자들은 식마와 음마가 아니오. 음마는 지금 우리 뒤에서 다시 활동을 시작하고 있고, 식마는 우리 앞을 지나갔소."

채음을 당한 사망자가 비구니 둘에 어린 사미니 넷이다. 척사대를 만들 때, 지원자 중에서 너무 어린 제자들을 일부러 안전한 후발대로 빼놓았는데, 그게 오히려 이런 참담한 결과를 불러왔다.

그러면 그렇지, 식마든 음마든 사오 년 전에 강호를 뒤흔들던 두 마두가 그렇게 간단하게 죽임을 당했을 리가 없다.

"지이 사니, 이제 어쩔 거요?"

지이 사니는 그녀를 바라보고 있는 사람들의 시선을 느꼈다.

귀환 계획을 잠시 보류했는데, 아예 철회를 해야 할 것 같다. 피해자는 다른 사람들도 아니고 성적사의 선발대, 그리고 복호사의 후발대들이다.

지이 사니는 결론을 내렸다.

접었던 척사탁마의 계를 다시 펼쳐야 했다.

후발대의 상황을 정리하던 무승들은 갑자기 출현한 늙은 사미니의 모습에 적잖이 당황했다.

얼마나 오랫동안 세상 사람들로부터 떨어져서 수련에만

매달렸는지, 풀어헤쳐진 머리는 마치 고슴도치 가시처럼 사방팔방을 향해 곤두서 있었다. 게다가 주름진 얼굴에 수십 군데 기워 입은 승복이 그녀가 얼마나 힘든 고행을 수련하고 있는지 잘 알려주었다.

하지만 정작 사람들을 놀라게 한 것은 그런 수련의 증거가 아니었다.

그 늙은 사미니는 반백이라고 하기에는 은발에 더 가까운 머리에 얼굴은 또 하얀 피부에 파란 눈을 한 사미니였다.

그런데 사미니다.

사미니라면 정식으로 수계식을 받기 전 수련 과정의 여승을 말하는데, 아미산 어디에서도 이런 나이 많은 신도가 사미니로 들어와서 수련을 하고 있다는 이야기를 들은 적이 없기 때문이다.

"아미타불……."

한 번 염불을 외운 사미니는 곧장 목내이로 변한 시신들을 살펴보기 시작했다.

뒤늦게 현장에 도착한 지이 사니도 난데없이 나타난 그녀를 보고 놀랐다. 지이 사니 역시 그런 사미니가 있다는 이야기를 들은 적이 없기 때문이다.

"저어, 어느 사찰에서 내려오신 불제자이신지……."

지이 사니 역시 처음 보는 늙은 사미니에게 쉽게 말을 놓지 못했다. 나이와 용모, 그리고 행색이 그녀를 함부로 대하지 못하게끔 만들었기 때문이다.

늙은 벽안의 사미니는 합장을 하고 대답했다.

"늙은 홍초니께서 미련한 제게 보시의 길을 열어주셨습니다."

지이 사니는 곧 알아차렸다.

지금의 홍초니는 지이 사니다. 하지만 전대 홍초니는 바로 복호사의 장문 사태 일절이기 때문이다.

행여나 이런 일이 있을 것을 예상했기 때문일까? 이 벽안의 사미니는 일절 사태가 보낸 것이다.

"내려와 주셔서 감사합니다. 그럼 뭐라고 불러야 할까요?"

"파사(破邪)라고 불러주십시오."

지이 사니는 그들이 모르는, 혹은 알아서는 안 되는 사연이 있다는 것을 바로 알아차렸다.

"알겠습니다. 그럼 파사행이라고 부르겠습니다. 파사행께서는 새롭게 발견한 것이라도 있는지요?"

"좀 더 봐야 알겠습니다."

지이 사니는 다른 무승들에게 파사 사미니를 방해하지 말라고 지시를 내렸다.

파사 사미니는 여섯 구의 목내이 시체와 더불어 주변을 뒤지기 시작했다.

잠시 후 파사는 지이 사니만 따로 청했다.

"범인은 음마가 아닙니다."

지이 사니는 파사의 말에 깜짝 놀랐다.

음마가 범인이 아니라면? 음마나 요마 말고도 채정의 마공을 익힌 자가 또 있다는 말인가?

"그것을 어찌 아십니까?"

"범인의 마공에 대한 이해와 심득은 생각만큼 깊지 못합니다. 요마는 훨씬 더 고절할 뿐 아니라, 음마마저도 이미 사 년 전에 저보다는 높은 경지를 보여주었습니다."

지이 사니는 그저 멍하니 파사의 말을 듣고만 있었다. 말하는 것을 보면 파사는 요마와 음마의 심득의 수준을 알고 있었다는 소리다. 어떻게 그럴 수 있단 말인가?

지이 사니는 참지 못하고 그것을 물었다.

"그것을 어떻게 알 수 있습니까?"

파사는 망설이지 않고 대답했다.

"그들의 마공을 익히면 몸에서 향내가 납니다. 그리고 그 향내는 마공의 수련의 양이 많을수록 짙어지고, 깨달음의 깊이가 깊을수록 맑아집니다. 그런데 여기에 남아 있는 향은 조잡하고 또 흐릿합니다."

지이 사니는 더 묻지 못했다.

자신있게 대답하는 파사의 대답이 그녀에게 감추어져 있는 진실에 함부로 다가서지 못하게 만들었다.

파사라는 늙은 벽안의 사미니는 그들이 모르는 것을 많이 알고 있다. 그것도 오 년 전의 다섯 마두에 대해서.

"보다 심각한 문제는 범인은 지금 속성으로 마공을 익히고 있다는 것입니다. 그의 채정의 수법을 보면 알 수 있습니다. 게다가 지금 범인에게 심각한 문제는……."

파사는 두려운 것이라도 있는지 주위를 힐끔거렸다. 산개해 있는 젊은 여승들의 위치가 더 신경 쓰이는 듯했다.

"범인은 지금 부상을 입었습니다."

그건 지이 사니도 알고 있는 바다.

범죄 현장에서 발견된 혈흔들. 범인은 상당히 많은 양의 피를 흘렸다. 이곳이 범인이 상처를 입은 곳이 아니라면, 이곳에서 발견된 양보다 더 많은 피를 흘리면서 왔다는 이야기가된다.

"무슨 말인지 모르시겠습니까? 범인은 지금 상처를 입었고, 채음의 즐거움을 알고 있습니다."

그제야 사태의 심각성을 알아차린 지이 사니의 목소리가 떨렸다.

"한마디로 상처 입은 야수와 같다는 이야기로군요."

파사는 심각한 표정으로 조용히 고개를 끄덕였다.

"보실 곳이 또 있습니다."

지이 사니는 파사를 앞으로 안내했다.

"채정당한 희생자가 또 있습니까?"

지아사니는 고개를 저었다.

"희생자는 맞습니다만, 채정당한 것이 아니라 신체를 유린

당했습니다."

*　　*　　*

완당군 여상추는 오랜만에 백제성에 이르렀다.

백제성, 바로 그의 병가보가 있는 곳이다.

하지만 그는 병가보로 들어가지 않았다. 오히려 서둘러서 백제성을 지나쳐 무산 삼협으로 향했다. 행여나 백제성의 누군가가 그를 알아볼까 저어하는 것 같았다.

결국 무산 삼협의 깊은 계곡으로 들어간 여상추는 그제야 숨을 돌렸다.

이십 시진 가까이 쉬지 않고 달려왔다.

처음 정무련 정무전을 출발할 때부터 따지자면 만 이틀 만에 숨을 돌리는 셈이다.

여상추는 주위를 둘러보았다.

낯익은 곳이건만 무척이나 낯설게 느껴졌다.

바로 이곳에서 역사는 시작되었다. 그리고 지금의 그가 만들어졌다.

여상추는 천천히 무산 안으로 걸음을 옮겼다. 그것도 길도 없는 절벽을 향해서.

"자봉(自奉)!"

사람은 안 보이는데 말소리는 들린다.

여상추는 예나 지금이나 하나 변한 것이 없다는 생각이 들었다.

하다못해 구호까지도 말이다.

"보시(普施)!"

여상추는 대답했다.

그런데 반응이 없었다.

그래도 기다렸다. 꽤나 오랜 시간이 흘렀건만, 안에서는 무슨 일이 벌어지고 있는지 조용하기만 했다.

"보시는 오 년 전의 답이거늘! 그동안 소식도 없다가 이제야 불쑥 나타난 너는 누구냐?"

이어서 바위 굴러가는 소리가 나며 벽이 열렸다. 계곡 안쪽으로 또 다른 길이 있었다.

그 길을 따라 사람이 모습을 드러냈다. 옷 대신에 가죽을 두른 거구의 장한이다. 허리에는 쇠망치를 꽂고 있는 것이, 사냥꾼이란 이렇게 생긴 사람이라고 이야기할 그런 차림이다.

"상추!"

나타난 사람은 여상추를 보고 대뜸 이름을 불렀다.

"몇 년 만에 보는 매형에게 그게 무슨 소린가, 처남!"

여상추는 짐짓 가까운 사람처럼 친근하게 굴었다.

퍼허억!

그런데 돌아오는 것은 돌주먹뿐이었다.

여상추는 바닥을 굴렀고, 한참 만에야 제정신을 차렸다. 아니, 정신을 차리는 시늉을 했다. 지금 실력으로는 너끈히 이겨낼 수 있지만, 그래서는 안 된다. 여전히 그들보다 부족한 척해야 한다. 그들의 도움을 받으려면 말이다.

"저 한 몸 편하겠다고 마누라랑 자식새끼 다 버리고 나갔다가 어딜 기어들어 와!"

여상추를 반기는 사람이 또 있었다.

예쁜 얼굴이지만, 찢어진 눈에 표독스럽게 생긴 눈빛을 가진 아녀자다. 대략 사십대 초반 정도 되어 보인다. 눈이 동파랑 닮았다.

그녀 뒤로 다른 사람들이 여상추를 보고 알은체를 한다. 모이는 숫자가 족히 수십은 되어 보였다.

아녀자는 목을 빼고 여상추의 뒤를 살폈다.

"애는?"

"안 데리고 왔어."

여상추는 심드렁하니 대답했다.

"뭐야? 기껏 애 하나 잘 키우라고 보내놨더니, 내팽개치고 혼자만 싸돌아 다녀?"

여상추는 풀풀거렸다.

"이 사람아, 호랑이는 제 새끼를 절벽 아래로 굴려보고, 사람은 될 놈은 밖으로 굴려야 한다는 말도 몰라?"

그제야 아녀자는 목소리에 심이 죽었다.

"딴엔 맞는 말이군. 누가 한 소리야?"

여상추는 콧구멍을 벌름거리며 웃어보였다.

"내가 지은 말이야."

아녀자는 화가 풀렸나 보다. 팔꿈치로 여상추의 옆구리를 쿡 찌른다.

"돈은 잘 받아서 쓰고 있지?"

"쓰기는, 이 깊은 산중에서 돈 쓸 일이 뭐 있다고."

아녀자는 다시 두 눈에 쌍심지를 켰다.

"아니, 말이 나왔으니까 말인데, 처음에는 백제성으로 우리를 부른다, 다음에는 백제성에는 보는 눈이 많으니까 운양에 마을 짓고 땅 일구며 살게 해주겠다, 나중에는 성도에 집 다 지었으니까 짐 싸놓고 기다려라 해놓고선 뭐? 돈 잘 쓰고 있어?"

이내 발길질이 앞선다.

"아, 아, 아! 그래서 온 거 아냐~! 이제 성도로 가자고."

성도라는 단어에 주위에 있던 사람들의 눈이 빛난다.

"성도? 정말이냐, 상추?"

누구보다 먼저 사냥꾼이 다가온다.

여상추는 자신을 상추라고 대놓고 이름을 부르는 이 사냥꾼이 마음에 안 들었지만 어쩔 수 없는 일이라며 체념하고 대답했다.

"그럼~! 정말이지 않고!"

누군가 소리를 지르며 달려나갔다. 이제 이곳 무산의 깊은 산중을 벗어나 도회지로 나간다고 목청이 찢어져라 외쳐 댔다.

함성이 울렸고, 여기저기에서 사람들이 쏟아져 나왔다. 이 좁은 산속의 계곡에 어디 그렇게 많은 사람들이 숨어 있었는지 놀라울 따름이다.

"아버지께 갑시다, 매형."

당장에 사냥꾼의 어투가 달라졌다. 사냥꾼은 완당군 여상추의 어깨에 손을 얹었다.

"이런 중차대한 일은 촌장이신 아버지께 보고를 올리고 허락을 받는 게 순서 아니겠수!"

여상추의 얼굴이 일그러졌다. 생각지 못했던 변수다. 여상추는 이 정도 세월이 지났으면 그 늙은이가 죽었을 거라 생각했는데, 지금껏 살아 있나 보다.

여상추는 노인 앞에 불려갔다.

완전히 피골이 상접하고 배는 남산만 해져서는 두 눈에서는 진물이 줄줄 흐르는 늙은이였다. 숨 쉬는 데 따라서 배가 오르락내리락하지 않았으면 송장이라고 생각해도 하등 이상할 것 없는 그런 늙은이였다. 늙은이 옆에서는 늙은이만큼 나이를 먹었을 법한 노파가 숟가락으로 물을 떠다가 천천히 늙은이의 바싹 마른 입술을 적셔주고 있었다.

"오랜만에 뵙습니다, 장인어르신."

여상추는 절을 올렸다.

그러면서 속으로는 있는 욕, 없는 욕을 모두 다 내뱉었다.

"…할."

욕을 안 하려야 안 할 수가 없다.

여기만 오면 그는 서열 삼위 밖이다. 이 늙은이가 있고, 저 사냥꾼이 있고, 또 그 밑으로 여일위랑 비슷한 나이의 젊은 놈이 하나 더 있다. 그러고 보니 오늘은 그놈이 안 보인다.

"뭐야? 상추, 지금 뭐라고 씨부려 쌌어?"

여상추는 깜짝 놀랐다. 조심해야 한다. 잊고 있었다. 그가 처남이라고 부르는 놈, 이놈은 무공이 높은 만큼 귀 역시 밝았다.

"응? 뭐?"

"지금 씹할이라고 하지 않았소?"

사냥꾼이 눈을 부릅뜨고 한 무릎을 세우고 앞으로 한 발 다가섰다. 기세대로라면 당장에 벌떡 일어나서 달려올 태세다.

여기에서 지면 안 된다.

여상추는 오히려 성을 냈다.

"이봐, 처남! 자네가 아무리 장인어른을 대신해서 우리 부족을 지키고 있는다 하더라도 내게는 처남이고, 자네 누이가 내 마누라야! 장인어른이 듣는 데서 할 소리가 따로 있고, 못 할 소리가 따로 있지! 내가 그런 소리를 할 성싶은가? 또 자네가 지금 아버님 듣는 데서 그런 것을 따질 수 있는 거냐고."

"아니, 내 말은……."

역으로 성을 내는 행동은 효과를 드러냈다. 어차피 제대로 발음도 안 된 것, 아니라고 우기면 그만이다.

문득 목소리에서 힘을 빼던 사냥꾼은 돌연 성을 냈다.

"무어 못할 것은 또 뭐요?"

이제야 깨달았나 보다.

어쨌거나 여상추는 처남이라는 사냥꾼은 그대로 둔 채로 노인에게 이야기를 하기 시작했다.

이게 여상추가 감추고 있던 한 수, 바로 그것이다.

몇 세대를 무산 삼협 속에 숨어 지내고 있던 사람들, 과거 원(元)의 세력에게 충성을 다하던 사람들, 함양왕(咸陽王)과 그들에게 충성하던 마씨(馬氏) 일족, 바로 그들의 후손이다. 여상추의 고향이기도 하며, 이들 때문에 병가보라는 사천의 신흥 문파가 형성되었고, 병가보 덕분에 중원과는 단절된 세상을 살고 있던 사람들, 그래서 이제는 강호에서는 그들의 존재를 알고 있는 사람이 아무도 없는 그들이었다.

존재를 모르기 때문에 뿌리를 추적할 수가 없다. 여상추, 본명이 마상추였던 그가 강호에 등장할 때와 마찬가지로, 그리고 원래부터 그랬던 것처럼 홀연히 나타나서 정무련 사수왕의 한자리를 차지하고 지금도 왕성한 활동을 보이고 있는 동파처럼, 이들 역시 그렇게 처음부터 그냥 있었던 것처럼 나타나서 오마의 흔적을 없애고, 그 자리를 잡으면 된다.

실패하면?

마찬가지다.

나타날 때와 같이 홀연히 사라진다면 강호에 전설 하나가 더 만들어질 뿐이다.

바로 그런 곳이 강호니까 말이다.

여상추가 그런 생각을 하는 동안 여상추의 설명은 끝이 났다.

하지만 여전히 늙은이의 반응은 못 느꼈다.

어찌해야 할지를 몰라 여상추는 등 뒤의 사냥꾼을 바라보았다.

"뭐어?"

사냥꾼이 누런 이를 드러내며 웃어 보였다.

"원래부터 말씀이 없으셨소."

여상추의 얼굴이 일그러졌다.

"원래부터?"

그럼 산송장이란 말 아닌가? 지금 송장을 앞에 놓고 열심히 설득을 하고 있었단 말인가?

"아아! 그래도 얼마 전에는 말을 올리면 눈을 깜빡이거나 눈동자를 굴리거나 하면서 반응을 보이곤 했소. 이제는 그럴 기력마저도 없나 보오."

"그럼 나는 뭐 한 거야?"

여상추가 버럭 화를 냈다.

퍼헉!

즉각 사냥꾼의 손이 날아왔다.

"이놈의 상추야! 그래도 왔으면 할 건 해야 할 것 아니야!"

"아, 이 썅!"

여상추는 소리는 질렀지만 그렇다고 자리를 박차고 일어나지는 못했다.

여상추는 그랬다. 여기에서만큼은 서열 삼위에도 못 들었고, 그래서 그런지 이곳에 오면 항상 주눅이 드는 것이 사실이었다. 오늘도 여전히 무식한 처남 밑에서 기를 못 펴는 여상추였다.

'이곳을 나오기만 해봐라, 나오기만······.'

여상추는 투덜거렸지만 마음속으로만 그것을 주문처럼 되뇌었을 뿐, 겉으로 드러내지는 못했다.

결국 여상추는 장례는 못 보고 그곳을 나왔다.

욕심 같아서는 제 손으로 그 늙은이를 죽여 버리고, 이곳을 박차고 나오라 하고 싶었지만 이곳에는 이곳 나름대로의 법이 있었다.

마누라 되는 년은 하룻밤이라도 더 있다가 가라고 했지만, 여상추는 한시라도 빨리 그곳을 벗어났으면 벗어났지, 그럴 생각이라곤 터럭만큼도 없었다.

그래서 서둘러서 그곳을 나왔다.

막상 계곡을 벗어날 때쯤, 여상추는 계곡 깊은 안쪽에서 울리는 뿔 나팔 소리를 들었다.

"망할. 그 늙은이, 끝까지 속 썩이는구먼!"

단 한식경의 차이로 여상추는 장인 되는 늙은이의 임종을 못 보고 자리를 비운 놈이 되어버렸다.

어쨌거나 속 시원하게 되었다.

이제 이삼 일 안으로 그들 부족은 장례를 치르고 그곳을 나올 것이다. 그럼 이제 강호에 여상추의 지지 세력이 또 하나 만들어지는 셈이다.

"그럼 그들로 하여금 수라방을 접수하게 하고, 다시 그들은 마씨 일족이 정리하게 하는 거야. 그래서 수라방을 마씨 일족에게 맡기는 거지."

무산 삼협 안에서야 그들 세상이지만, 밖으로 나오면 다시 마상추가 아니라 여상추의 세상이다. 바깥에서는 여상추가 세운 율법에 따라 행동해야 할 것이다. 그곳에서는 내가 왕이다.

여상추는 힘을 주어 주먹을 흔들었다.

검각은 애송이들이고, 신농계는 힘이 없다. 결국 수라방을 접수하면 사천강호를 절반은 내 손 안에 넣은 거나 다름없다는 계산이다.

흥분이 되기 시작했는지 하초에도 힘이 들어갔다.

또 뿌리에 물을 줄 때가 된 것 같다. 생각만으로도 흥분된다.

히죽.

第五十七章
같이 가세, 이 친구야!

아침에 눈을 뜬 고적은 무언가 이상한 것을 느꼈다.

고적은 자리에서 벌떡 일어났다.

아침이라면 한쪽은 조반을 준비하고, 다른 한쪽은 다시 이동을 위해 짐을 정리한다. 그런 어수선함이 그를 맞아야 할 텐데, 어찌 된 일인지 조용하다.

황급히 주위를 둘러보았다.

사람들이 조용히 때를 기다리고 있었다.

무슨 때를 기다리고 있단 말인가?

고적은 사람들이 보고 있는 방향으로 시선을 돌렸다.

손으로 떠오르는 태양을 가렸다. 그제야 산꼭대기에 올라 있는 이단의 모습이 보였다. 이단은 햇살 속에 서 있었다. 그리고 그 자리에 모인 사람들은 그런 이단의 모습을 바라만 보고 있었고.

"망할! 무슨 사교 집단이라도 되는 거야?"

고적은 투덜거렸지만, 그것을 일부러 소리 높여 말하지는 않았다.

그 자신도 느꼈기 때문이다. 왠지 모르지만 이단의 그런 모습이 멋있게만 보였다.

이단은 날아가는 사람처럼 산을 내려왔다.

고적은 이단의 신법을 처음부터 끝까지 다 지켜보고 있었다.

놀라운 신법이다.

그것은 마치 한 마리의 매가 계곡 사이로 흐르는 바람을 타고 날갯짓 하나 없이 허공을 유영하는 것 같았다.

그렇게 이단은 바람을 타고 산을 내려왔다.

"놀라운 신법!"

그와 마찬가지로 이단을 지켜보고 있던 선규가 감탄사를 토한다.

'염병할~! 자기 무공을 자랑하지 못해서 안달이라도 났나.'

속으로 투덜거리면서 고적은 애써 눈을 피했다.

그도 감탄하기는 마찬가지였으니까.

"어때요? 뭐라도 보였습니까?"

이단은 고개를 저었다.

"아니. 하지만 방향은 알 수 있었어."

이단은 동쪽을 가리켰다.

"사람들이 움직이더군. 무슨 일인지 모르지만, 아무래도 주왕은 다시 쫓기고 있는 것 같아."

"사람들이요? 무슨 사람들? 누가 주왕을 쫓는단 말입니까?"

이단이 주위를 가리켰다.

"여기가 어딘가?"

"여기야 바로……."

해석은 입을 다물었다. 이곳이 어디인지 몰라서 묻는 게 아니니까. 여기는 아직도 아미산 자락이다.

"그래, 그럼 여기에서 볼 수 있는 가장 많은 사람들은 누구이고?"

"그러니까 누구라는 이야기예요?"

아직 이단의 말의 요체를 깨닫지 못한 혜민이 다시 묻는다.

"아미산에서 관광객과 불제자를 빼면 가장 많은 사람이 누구겠어요? 뻔하지."

해석 대신에 고창이 대답해 주었다.

"그럼… 아미파요?"

가만? 고창 저놈은 저기서 뭐 하는 것인가?

고적은 뜨악한 표정으로 자신의 동생을 찾았다. 혜민을 도와 그녀의 짐을 정리해 주고 있던 고창은 고적의 시선을 정면으로 받게 되자 얼굴이 붉어졌다.

그곳에 모였던 사람 중에 선규가 가장 먼저 움직였다.

"아무래도 일이 급할 듯하다. 서두르자."

선규의 한마디에 사람들이 바삐 움직이기 시작했다. 그때까지 조용하던 숙영지가 소란스러워졌다.

사람들이 무엇을 하든 말든, 해석은 한쪽에 떨어져 있는 설아를 물끄러미 바라만 보았다.

"왜 직접 한번 부탁하지 그러세요? 설아 소저라면 어디까지가 진실인지 봐줄 수도 있을 텐데요."

이단은 설아를 향해 눈길 한 번 주지 않았다.

"설아는 하기 싫을 거야."

혜민이 다시 묻는다.

"왜에?"

해석이 혜민에게 괜한 것을 묻는다고 옆구리를 쿡 찔렀다. 그런 해석의 동작을 고창은 못마땅한 듯 얼굴만 붉히며 바라보았고.

고적은 혜민을 따라 시선을 옮기다가 설아가 보였다.

설아는 이쪽을 향해 눈길을 한 번도 주지도 않았다. 일부러라도 딴 곳을 바라보면서 몸을 돌려 앉아 있었다.

고적은 덕분에 나른하게 완만한 곡선을 그리면서 밑으로 이어지는 그녀의 드러난 몸매가 참으로 그림 같다는 생각이 들었다. 태어나서 그가 처음 보는 절세의 미녀였다.

*　　　*　　　*

지이 사니는 파사를 이끌고 첫 번째 사건 현장에 도착했다.

"봉분은 누가 만들었습니까?"

지이 사니는 할 말을 잃었다.

그들이 여기 도착할 때 처음부터 있었다.

지금 있는 봉분이야 그들이 만든 것이지만.

정확히 말하자면 그들이 아니다.

복호사의 비구니들과 성적사의 비구들은 갈라졌다.

성적사를 중심으로 하는 남자 무승들은 선발대의 네 무승을 이렇게 만든 자를 찾아 산을 내려갔고, 지이 사니를 비롯한 여자 무승들은 뒤에서 후발대를 기다렸다.

그러다가 후발대의 소식을 듣고 뒤쪽을 맡았다.

한마디로 아미파의 척사대는 지금 성적사와 복호사로 나뉜 꼴이 되어버린 셈이다.

"부패 정도로 보아 하루도 안 지난 듯합니다만……."

파사는 마치 별일이 아니라는 것처럼 냉정한 목소리로 말하며 시신의 상태를 살폈다.

"하나는 강한 힘, 그것도 허리를 조였군요. 하지만 결정적인 사인은 경추 골절입니다. 한순간에 목을 돌려 버렸네요."

파사는 첫 번째 시신의 사인부터 밝혔다.

허리를 조였다는 것은 그들도 미처 깨닫지 못하고 있었다.

시간이 지남에 따라 시반이 나타났고, 이전에는 안 보이던 피부 밑에 멍들이 모습을 드러냈다.

"쯧!"

파사는 혀를 찼다.

"왜요?"

파사는 아직도 잔뜩 팽창되어 있는 상태 그대로의 시신의 아랫도리를 가리켰다.

"무슨 짓을 하려다 당했는지 알겠군요."

파사가 가리키는 것을 본 지이 사니는 얼굴을 붉혔다.

그녀도 이제야 알 수 있었다. 이자가 무슨 짓을 하려다가 이렇게 되었는지 말이다.

죽는 순간까지도 그는 몰랐으리라. 이렇게 허무하게 갈 줄은 말이다. 그에게 죽음은 그렇게 한순간에 다가왔고, 그래서 죽기 직전에 그가 무엇을 하려던 상태 그대로를 유지하고 있었다.

파사는 다시 다른 점을 가리켰다.

"적어도 봉분을 만들어준 사람은 죽은 이들에게 최소한의 예의는 지켜주려 했습니다."

지이 사니는 처음에는 무엇이 잘못되어 있는지 알 수 없었다.

"반대입니다."

파사가 시신의 바지허리를 묶은 매듭을 가리켰다.

지이 사니는 고개를 흔들었다.

반대가 아니다.

또 파사가 가리키는 것이 무엇인지 알 수 있었다.

바지허리춤의 매듭이 일반 남자들의 매듭과는 반대로 되어 있다. 승복이라는 것이 남자든 여자든 다 똑같은데, 거기에서 넓은 허릿단을 돌려서 묶는 매듭도 똑같다.

"아!"

지이 사니는 짧게 신음 소리를 흘렸다.

생각해 보면 지극히 당연한 일이다.

하지만 그것을 유심히 살피지 않았다면 모르고 넘어갔을 일들이다.

지이 사니가 볼 때는 그런데 이자의 매듭은 정상이다. 하지만 그것은 지이 사니가 아니라 죽은 사람의 입장에서 볼 때는 반대로 매어져 있었다.

즉, 시신이 직접 묶은 것이 아니라 맞은편의 사람이 대신 묶어주었다는 이야기다.

그러니까, 흘러내린 바지를 다시 입혀서 묶었다는 말이다.

지이 사니는 정색을 하고 수하들에게 물었다.

"이들이 무슨 짓을 하다 이렇게 되었다고 하는 이야기는 없더냐?"

이야기가 있을 리 만무하다.

성적사에서 뽑아서 보낸 무승이 여자를 겁탈하려다 죽임을 당했다면, 그것을 있는 그대로 세상 사람들에게 알려줄 성적사가 아니다. 그리고 그것은 성적사가 아니라 복호사라고 해도 마찬가지일 것이다.

지이 사니는 한숨을 내쉬면서 고개를 흔들었다.

어느새 파사는 다음 시신을 향해 발걸음을 옮겼다.

"범인은 극도로 흥분해 있었군요."

파사는 복부가 갈라지고 내장이 흩어졌던 시신을 보고 있었다.

"예리한 칼질입니다. 상당히 날카로운 칼로… 이건 중원의 칼이 아니로군요."

"그건 또 무슨 소리입니까?"

지이 사니는 정색을 하고 물었다.

파사는 아무렇지도 않게 잘린 피부, 뱃살의 단면을 보여주었다.

칼질의 결이 느껴졌다. 한 번에 뱃살을 가른 것이 아니라, 얇게 두 번 이상 칼질을 해서 뱃가죽을 가르고 그다음에 내장을 끄집어냈다.

"보십시오. 칼질의 단면이 깊지 못합니다. 이것은 도신의 폭이 넓지 못한 칼이라는 이야기지요."

그리고 파사는 다시 제자리를 찾아 들어간 내장을 도로 끄집어내기 시작했다.

"그리고 여자입니다."

"왜 여자입니까?"

"얇은 칼자국의 깊이! 남자라면 기교보다는 힘으로 칼질을 했을 테고, 그 보다는 깊게 벴을 테니까요. 그리고……."

파사는 첫 번째 시신을 곁눈질해 보았다.

"아!"

지이 사니는 짧게 신음 소리를 흘렸다.

알 수 있었다. 남자라면 남자 승려가 동성애를 생각하지 않고서는 그 모습으로 죽었을 리가 없다. 생각해 보니 남자가 그런 것까지 신경 써서 묻어줬을 리도 없다. 역시 여자다.

하지만 여자가 그런 잔인한 짓들을 했다고?

"그럼 혹시 식마는 여자였다는 이야기가 사실입니까?"

지이 사니는 파사에게 물었다.

"식마가 여자였다는 말은 뭐라고 대답해야 할까요? 음양인이 아닌 이상, 한번 태어날 때 여자라면 죽을 때도 여자 아닐까요? 식마가 여자라는 말은 맞습니다. 여자였냐는 말에는 뭐라고 대답해야 할지 모르겠습니다. 그리고……."

파사는 열심히 꺼냈던 시신의 내장을 다시 담고 있었다.

"범인은 식마가 아닙니다."

지이 사니는 눈을 크게 떴다.

아까는 범인이 음마가 아니라더니 지금은 또 식마도 아니란다.

"장기가 고스란히 남아 있습니다. 식마라면 좋아했을 간과 심장도 멀쩡하게 말입니다."

"하지만 이 잔인한 사건의 흔적은……."

"범인은 극도로 흥분한 상태였습니다. 이건 복수의 증거입니다. 어쩌면 이들로부터 벌써 당한 후였는지도 모르지요."

파사는 시신 세 구를 가리켰다.

세 구다. 모두 건장한 남자들이었고, 게다가 무승들이었다.

지이 사니는 그쪽으로는 생각하고 싶지도 않았다.

불도량을 닦았을 무승들이 무엇을 잘못 보고 색을 탐했단 말인가?

"복수의 증거라는 것은……."

파사는 망설임없이 대답했다.

"칼질이 서툽니다. 흥분했다는 이야기이고, 흥분한 원인은 이들이 제공했습니다. 처음부터 범인이 흥분하고 있었다면, 이것은 복수가 아니라 유희의 증거였을 테고, 그렇다면 칼질이 이보다는 섬세했을 것입니다."

"아!"

짧게 신음 소리를 내뱉던 지이 사니는 얼른 입을 다물었다.

왜 장문인 일절 사태가 파사를 그녀들과 함께 동행을 시켰는지 이제야 알 수 있었다.

산에서 불도량만 닦던 그들과 그녀들이 알 수 없는 많은 것들을 이 사미니는 보는 즉시 알아내고 있었다.

일절 사태의 생각이 고마웠다.

"또 다음으로 봅시다."

파사는 마지막 세 번째 사체로 다가섰다.

세 번째 사체는 훼손된 곳이 하나뿐이다.

목, 바로 인후부다.

파사는 인상을 찡그리고 두 번째와 세 번째 시신을 번갈아 바라보았다.

"여기에서부터는 흥분의 내용이 바뀌었군요. 두 번째 시신은 복수심에 그랬는데, 여기에서부터는 즐기기 시작했습니다."

"그것은 또 어떻게 알 수 있습니까?"

"보시지요. 거칠기는 똑같지만 칼질이 여기에서는 짧지 않습니까? 이쪽은 칼끝으로 착착 쳐내면서 살을 결대로 잘라내기만 했고, 저쪽은 칼날로 베어낸 것입니다. 굳이 칼날을 사용하지 않고 칼끝만 사용하고 있다는 것은 긴 시간을 두고 즐겼다는 이야기가 됩니다. 즉, 잔인해졌다는 것이지요."

시신의 해부된 인후부를 살피던 파사는 다시 무슨 생각이 들었는지 다시 두 번째 시신으로 다가갔다.

그리고 도로 담았던 내장을 다시 끄집어냈다. 그리고는 위를 갈랐다.

"밥이로군요."

미처 소화되지 못한 음식들이 모습을 드러냈다. 파사는 다시 세 번째 시신을 가리켰다. 아마도 확인하지 않아도 세 번째 시신의 목에서도 이런 밥알들이 나왔을 게 틀림없다.

"죽기 직전, 이들은 이곳에서 밥을 먹었군요."

파사는 사고 현장을 가리켰다.

그제야 지이 사니는 봉분의 흙 속에 재가 섞여 있다는 것을 알 수 있었다.

"이 밥이 승려들이 끓인 밥일까요, 아니면 범인이 한 밥일까요?"

지이 사니는 대답을 안 했다.

안 해도 알 수 있었다.

성적사나 복호사나, 어차피 승려들인 것은 마찬가지다. 그리고 이곳은 아미산이요, 어디를 가나 찾을 수 있는 것이 바로 절이다.

아미산을 출발한 척사대는 식량을 챙기지 않았다. 굳이 따로 챙기지 않아도 어디를 가든 먹을거리는 해결되니까 말이다. 그래서 그들은 음식이 따로 준비되어 있지 않았고, 밥을 야외에서 할 필요도 없었다.

이곳은 아미산이니까.

그런데 아침을 먹었다?

그럼 이들은 범인으로부터 보시를 받았다는 셈이다.

드러난 정황에 지이 사니는 이를 갈았다.

대충 짐작이 간다.

어쩐지 성적사에서 나온 심명 사승은 일부러 선발대를 거친 무승으로 골랐다고 했다.

그래야 본대가 도착할 때까지 시간을 벌 수 있고, 그때까지 살아 있을 수 있다고 말이다.

당시에는 그 말이 맞다고 생각했는데, 거친 무승이라는 말이 이런 뜻일 줄은 미처 몰랐다.

결국 이들은 자기의 운명을 자기가 단축시킨 셈이다.

"하지만 그것으로 범인의 잔인한 행동까지는 설명이 안 됩니다."

그렇다. 놓칠 뻔했다.

첫 번째 시신은 즉사다. 사고 당시 무슨 일이 벌어지고 있었는지 증명을 해주고 있었다.

두 번째 시신은 분노의 흔적이 남아 있었다. 범인 역시 피해자라는 것을 증명하는 셈이다.

하지만 세 번째 시신의 시해 모습은? 그것은 단지 분노라고 하기에는 무언가 부족함이 있었다. 파사도 말하지 않았나, 이제는 즐기고 있다고 말이다.

"맞습니다. 이곳에 향의 흔적이 남아 있습니다."

"향이라고요?"

지이 사니는 짧게 반문했다.

오늘 벌써 두 번째 듣는다.

"우연인지, 또는 운명인지 알 수 없습니다만, 범인은 확실히 저주받은 마공을 익히고 있습니다. 하지만 채음한 범인과는 절대로 같을 수 없습니다."

"그렇겠지요. 여자가 강간을 하고 채음할 수는 없으니까요."

비아냥거리던 지이 사니는 자기의 말이 잘못되었다는 것을 깨달았다.

"최근에 나타난 만월의 마녀라는 사람이 아닐까요?"

지이 사니는 조심스럽게 물었다.

산 밑에서 올라오는 소식에 의하면, 출신을 알 수 없는 '만월의 마녀'라는 여고수가 아미산 인근에 자주 출몰한다고 했다. 아직까지는 그녀가 뚜렷하게 사고를 저지른 것이 없기에 그저 두고 볼 뿐이었다.

"만월의 마녀요?"

파사는 들은 적이 없다는 듯 되묻는다. 하지만 그 이름이 주는 무게감은 그녀의 흥미를 자극하기에 충분한 듯했다. 파사에게 지이 사니는 그녀에 대한 소문을 간단히 설명했다.

"그렇군요. 그럴 수도 있겠지요. 하지만 지금까지는 살인을 한 적은 없다고 하지 않았나요?"

파사는 조심스럽게 물었다.

"그녀를 희롱하는 정도의 차이일 수 있지 않을까요? 지금까지는 단지 그녀에게 수작을 부리다가 당한 것이지만, 이번에는……."

지이 사니는 입을 다물었다. 범인이 만월의 마녀인지 아닌지는 더 두고 볼 일이다.

"어쨌거나 동시에 일어난 두 사건의 범인은 서로 다른 사람으로 보입니다."

파사는 단지 그것만으로 두 사람이 서로 다른 사람이라고 이야기하는 것이 아니다.

"이쪽의 범인은 수양 기간도 저쪽보다 길고 깊이도 깊습니다. 하지만 향의 양은 적군요. 내공 수위는 저쪽이 훨씬 높습니다. 마치 짧은 순간에 대성을 바라는 듯이 황급히 수련에 수련을 반복하고 있습니다."

지이 사니는 여기에서 수련에 수련이라는 것이 무엇을 의미하는지 알았다.

채음에 채음이다.

두 번째 사건의 범인은 색마로 변하고 있었다.

"어찌하면 좋겠습니까?"

지이 사니의 질문에 파사는 간단히 대답했다.

"범인을 잡아야 하겠습니다만, 그전에 먼저 피해자를 최소화해야겠지요. 아미타불."

그제야 지이 사니는 자기도 염불을 외우는 것을 잊고 있었다는 것을 깨달았다.

*　　　*　　　*

이상하게도 오늘 아침을 전노군은 초조한 마음으로 맞이했다. 어째 그가 무엇을 놓친 것만 같았다.

무얼까?

행여 이단의 소식 중에 그가 모르는 무엇이라도 들어온 것이 아닐까?

만약 이단 그 녀석이 돌아왔으면 어떻게 하지?

수라방을 위해서라도 녀석이 돌아온다면 그것은 좋은 일이다. 행동대의 중심이 될 수 있고, 고객에게는 신뢰의 상징이 될 수 있는 일이니까.

아무리 조심했어도 청사군의 실패, 특히 유달의 실패에 대해서는 이미 사천의 전주들과 시장 상인들은 다 알게 되어 있다. 어차피 알 일, 유장한은 일부러 감추려 들지 않았다.

부족한 부분이 있으면 그것을 드러내 놓고 자신이 인정을 하면 남들도 수긍하고 넘어간다. 하지만 반대로 취약한 부분을 감추려 들고 그런 것이 없다고 한다면 사람들은 그것을 캐내려 한다. 그러다 보면 의외의 곳에서 문제가 터질 수 있고, 작은 생채기에도 큰 병을 앓게 될 수도 있는 법이다.

전노군은 이런 자신의 정공법이 옳다고 생각했다.

어쨌거나 이단이 돌아오면 그에게 정식으로 수라방의 한 자리를 내줘야 할 테다. 그럼 어떤 자리가 좋을지 그것도 문제다.

"그놈 참."

전노군은 그런 즐거운 상상으로 불안감을 떨쳐 버리려 했다. 하지만 안 떨어진다.

아무래도 이단에 대한 것이 아닐 것 같았다.

"그럼 유달 그 녀석이 또 무슨 사고라도 친 것은 아닌가?"

괜히 자식놈이 신경이 쓰였다.

불안감이니 아무래도 그쪽이 더 가까웠다.

하지만 유달이 사고를 치면 무엇을 친다고?

이미 사고를 저질러서 근신 중이 아닌가? 행여 면벽수련을 깨고 밖으로 나갔을까?

"이거로군!"

그거다. 아무리 생각해도 그를 초조하게 만들 수 있는 것은 그것밖에 없다.

"내 이놈을 당장……."

벌써부터 울화가 치밀었다.

이런 놈을 자식이라고 싸고도는 자신이 한심스럽기까지 했다.

유장한은 씩씩거리면서 상고각 집무실로 들어서면서 소리

부터 질렀다.

"아수라 이놈, 당장 잡아와!"

그런데 소리를 지르던 유장한은 흥분을 가라앉혔다.

이상하다.

상고각의 분위기가 싸~하게 느껴진다.

뭐야, 그럼 아수라가 사고를 친 것이 아니란 말인가?

"방장님, 아무래도······."

"무슨 일이더냐? 어서 빨리 말하라!"

"방장님, 한조공께서 당했습니다."

"당하다니? 무얼?"

유장한은 지금 자신이 직접 듣고도 무엇을 듣고 있는지 이해가 안 갔다.

"한조공의 시신이 아룡강 기슭에서 발견되었다고 합니다. 지금 그의 시신은 댁에 모셔져 있습니다."

"이런, 젠장할!"

유장한은 문을 박차고 밖으로 뛰쳐나갔다.

"방장님! 방장님······!"

뒤따르는 호위들이 소리를 질렀지만, 유장한에게 그따위 외침이 귀에 들어올 리가 없었다.

후영조, 나중에 한 자가 더 들어가서 후영한조로 바뀌었지만, 어쨌거나 그는 전노군의 그림자다. 전노군이 멀쩡한데 그림자만 일을 당했을 수 없다.

전노군은 한달음에 후영한조 정운의 집으로 달려갔다. 그리고는 안으로 뛰어들었다.

마당 한가운데에 덩그러니 그가 누워 있는 관이 놓여 있었다.

관을 본 전노군이 멈칫거렸다.

사실이다.

올 때까지 들은 이야기가 사실이 아니기만을 바랐는데, 정말로 관 안에는 후영한조 정운이 누워 있었다.

"정우운~!"

유장한은 피를 토하듯이 절규를 했다.

"누가 감히… 누가 감히 정운 자네를 해코지한단 말인가!"

비틀거렸다.

천천히 관을 향해 한 걸음 내디뎠다.

그저 절규하면서 비틀거리며 정운이 누워 있는 관을 향해 발걸음을 옮길 뿐이다.

유장한은 한꺼번에 걸음을 옮기지도 못했다. 지금 그가 보고 있는 것이 사실이 아니기를 바라며 고작 한 걸음에 반 족장씩 그렇게 앞으로 정운이 누워 있는 관을 향해 몸을 끌었다.

겨우 정운의 관을 잡자 바닥에 주저앉았다.

"정우운, 일어나게, 정운. 이게 무슨 짓이야? 내가 여기 이렇게 멀쩡하게 있는데 자네가 왜 누워 있어?"

유장한은 소리쳤다.

관 안에 놓인 부러진 낚싯대가 그가 후영한조 정운이 맞다고 알려주고 있었다.

뒤늦게 상고각의 호위들이 하나둘씩 도착했다.

다행이다.

하지만 유장한은 그따위 것들은 신경도 안 썼다. 이제는 호위들도 십여 명, 그를 지키기에 충분한 수가 도착했다.

정운이 죽었다는 소식에 사람들이 얼굴을 내밀었다.

좀 전까지 유장한이 도착해서 울음을 토할 때까지 코빼기 하나 보이지 않던 사람들이 여기저기에서 목을 빼고 정운의 집 마당을 기웃거렸다.

꽤 적지 않은 수의 사람들이 그의 집을 에워쌌다.

유장한과 그의 호위만도 십여 명이다. 그러니 정운의 집에 사람으로 가득한 것도 당연하다.

살아서는 찾는 사람 하나 없어서 을씨년스럽던 집이 그가 죽으니까 인산인해를 이룬다.

슈악!

"적이……."

누가 먼저 칼을 뽑았는지 모른다.

갑자기 칼이 날아왔고, 전노군의 호위들은 당황한 채로 병장기들을 뽑아 들었다.

포위되었다.

"각주……."

"방장님……."

"방장님을 지켜라~!"

호위들이 뒤늦게 경호성을 발했지만 이미 늦었다.

그들은 정운의 집에 들어서는 순간부터 이미 포위되어 있
었다.

그의 집 안팎에서 병장기를 든 자들이 뛰쳐나왔다.

전노군의 호위들이 그들과 난투를 벌였다.

"정우운~!"

유장한이 소리를 질렀다.

유장한은 바닥에 떨어진 칼을 집었다.

"이자들인가? 자네를 해한 자가?"

소리치며 유장한은 난투 속으로 뛰어들었다.

전세는 순식간에 역전되었다. 전노군 유장한의 가세로 포
위되어 있던 그들이 오히려 포위한 수십 명의 장병들을 압박
해 들어갔다.

순간 관이 부서지며 그 밑에서 칼날이 튀어나왔다. 그 칼은
곧장 유장한을 향해 날아들었다.

하지만 전노군 유장한은 산전수전을 다 겪은 백전의 노장.
관이 부서지는 순간에 몸을 회전시키면서 들고 있던 칼을 횡
으로 그었다.

칼바람이 날아가고, 관은 부서지는 것과 동시에 공간이 수

평으로 위아래로 둘로 나뉘었다.

튀어나오던 암습자는 관과 함께 그대로 쪼개졌다.

"다음 누구냐아!"

유장한이 소리를 질렀다.

스으으윽.

전노군과 그의 호위들을 포위하고 있던 사람들이 갈라지고, 한 사람이 앞으로 나왔다.

어찌나 손질을 안 했는지, 사방으로 삐치고 산발한 머리가 반백이다. 하얀 피부에 깡마른 손가락이 길게만 느껴졌다. 거기에 여섯 자를 넘는, 사람 많은 중원에서도 보기 힘들 정도로 장신이다. 산발한 사이로 벽안(碧眼)의 눈동자가 빛났다.

"전노군, 역시 사패 중의 하나로군."

"장군……."

벽안의 무사를 향해 포위한 자들이 허리를 숙이며 인사를 했다.

장군은 아무렇게나 바닥에 떨어진 칼을 집었다.

전노군 유장한은 그와 마주했다.

이제 흉수가 누구인지 알았다.

바로 이자다.

그리고 그자가 노리는 것이 무엇인지도 알았다.

바로 자신이다.

"정운……."

유장한은 그의 이름을 부르면서 씨익 미소를 지었다.

아무래도 저승 가는 길, 같이 갈 수 있을 것 같았다. 그게 아니라면 그의 원수를 갚아주거나.

"같이 가세, 이 친구야!"

유장한은 벽안의 장군을 향해 뛰어들었다.

第五十八章

내가 이단이다

狼王 왕

차가람은 긴장했다.

그녀의 곁을 휙 하고 지나가는 무승들을 보는 순간, 긴장하지 않을 수가 없었다.

피 묻은 옷은 갈아입었지만, 그녀의 행낭을 조사해 보면 알 수 있는 일이다.

게다가 허리에 차고 있는 만월도가 그녀가 강호인이라는 것을 증명하고 있었고.

그렇다고 칼을 버리자니 적수공권으로 그들을 상대할 것을 생각하면 암담하다.

진퇴양난이라는 것은 이럴 때 하는 말이리라.

게다가 자꾸만 신경이 쓰이는 것은 그들의 행동이다. 계속해서 무승들은 그녀를 추월하고 있었다.

단지 앞질러 가는 것을 가지고 뭐라고 하냐고?

그것이 한두 번 일어나는 일이라면 신경이 안 쓰일 것이다. 하지만 지은 죄가 없어도 그것이 연이어서 반복되고 있다면 신경을 안 쓸 수가 없다.

내 앞을 지나간 사람의 수가 열이고, 내 뒤에 또 열이 있다면 나는 앞뒤로 포위된 형국이다. 적진 한가운데 놓인 꼴이고.

그런 상황을 강호인이라면 누구라도 쉽게 잡아낼 것이다.

'천라지망이라도 펼치겠다는 것인가?'

차가람은 그들의 의도를 파악하기로 했다.

갑자기 신형의 속도를 높였다.

그러자 무승들이 따라왔다.

'역시!'

차가람은 입을 악물었다.

그들은 그녀를 노리고 있었다.

'흥!'

코웃음 쳤다.

그런 실력으로 내가 그렇게 쉽게 당할 것 같으냐는 마음이다. 차가람은 더욱 내공을 끌어올렸고, 조금씩 무승들과의 사이를 벌려놓기 시작했다.

이렇게 내달리기만 한다면 곧 천라지망을 빠져나갈 것이다.

하지만 그렇게 내달리던 차가람은 갑자기 끊기는 길을 보고 황급히 신형을 멈추었다.

길이 마치 칼로 자른 것처럼 수직으로 잘렸다.

발아래는 낭떠러지이고, 저 멀리 강이 흐른다.

뒤로 서서히 무승들이 다가왔다.

그녀가 더 이상 달아날 곳이 없다는 것을 알기에 굳이 서둘 필요가 없어서다.

무승들은 아예 병장기를 꺼내 들고 행여나 그녀가 달아날까, 또는 그녀가 칼을 뽑아 들까 경계하고 있었다.

다가서던 무승들은 멈칫거렸다.

생각 밖으로 젊은 차가람의 나이와 빼어난 그녀의 미모가 그들을 당황하지 않을 수 없게 만들었다.

"아미타불, 시주께서는 어디를 그렇게 급히 가시는 것입니까?"

무승 하나가 불호를 외우며 물었다.

차가람은 우선 안심을 했다.

저들은 그녀를 무슨 물증을 확보하고 붙잡은 것이 아니라는 것을 알 수 있었다. 단지 그녀가 칼을 차고 있다는 이유만으로 잡아서 검문하는 중이다.

차가람은 주위를 둘러보았다.

그제야 그녀는 자신이 어디 있는지 대충 짐작이 갔다. 이곳
은 낙산사 근처다. 그러니까 아미산의 남동쪽 끝자락이고, 드
디어 아미산을 벗어나는 셈이다.

　　아미산을 벗어난다는 생각에 차가람은 그들을 향해 환하
게 미소를 지을 수 있었다.

　　"시주, 시주는 어디를 가시는 길이시오?"

　　무승이 다시 묻는다.

　　차가람은 자신있게 대답했다.

　　"집!"

　　"집이요?"

　　순간 무승들은 당황하며 서로를 바라보았다.

　　집이라면 가까이 살고 있단 말인가?

　　"집이 어디오?"

　　차가람은 손을 들어 강 건너편을 가리켰다.

　　"강 건너란 말씀이오?"

　　차가람은 고개를 끄덕였다.

　　"중경(重慶)!"

　　"중경이오?"

　　"신농계!"

　　"헉!"

　　무승들이 당황하기 시작했다.

　　예상대로다. 신농계라는 말이 그들을 그렇게 만들었다.

신농계는 온천이 많은 곳으로 유명한 지명이기도 하고, 그곳을 차지하고 있는 무림방파의 이름이기도 하다. 신농계, 바로 사천의 한 축을 차지하고 있는 강호사패 중의 하나가 아닌가!

신농계가 집이라니, 강호인이 맞고 그녀가 칼을 차고 있어도 하등 이상할 것이 없다.

무승들은 곤혹스런 표정으로 서로를 바라보았다. 여자 혼자 길을 가기에 잡고 봤는데, 그게 하필이면 신농계의 제자란 말인가! 괜히 잘못되면 말 많은 강호에 분란이나 하나 더 만드는 꼴이다.

그렇다고 그냥 보내 버릴 수는 없는 일. 무승들은 결심을 했다.

"그런데 왜 달아나셨는지……."

차가람은 고개를 뻣뻣이 들고 대답했다.

"행여 천라지망이 펼쳐지는데, 그럼 그것을 알면서도 뻔히 그물에 갇히는 고기가 되란 말인가요?"

듣고 보니 그 또한 맞는 말이다.

분란이 끊이지 않는 강호에서 남의 일에 참견하는 것도 암묵적으로 금기시되는 지경이 아닌가! 애먼 일에 말려드는 것은 되도록이면 피할 것이다.

무승들은 결론을 보았다.

"아무쪼록 우리가 시주의 행낭을 확인할 수만 있다면 그냥

가시도록 하겠소. 아니, 우리가 시주를 안전한 곳까지 모셔다
드리리다."

차가람은 멈칫거렸다. 이내 환하게 웃으면서 고개를 저었
다.

"그건 싫은데요."

"시, 싫다구요?"

"여러분은 남자이고 나는 여자입니다. 여러분은 여럿이고,
또 나는 하나구요. 여러 명의 남자가 여자의 짐을 뒤지겠다는
데, 그럼 그러라고 해야 하나요?"

무승들은 서로 눈길을 주고받았다.

"아미타불, 시주~! 이것은 시주께서 좋다, 싫다 하실 일이
아닌 듯하오만……. 저희들은 오늘 새벽에 일어난 살인 사건
을 추적하고 있소이다. 범인은 예리한 칼을 지닌 여자! 그 점
에서 젊은 시주께서도 그것을 피할 수는 없는 일!"

무승은 차가람이 갖고 있는 만월도를 가리켰다.

"게다가 시주의 그 칼, 폭이 좁은 만월도가 아니오? 예리하
기로 이름 난."

만월도라고 이야기를 하다 보니 무승은 문득 최근에 들은
강호의 소문에 생각이 이르렀다.

"그럼 혹시 만월의 마녀?"

만월의 마녀. 빼어난 미모로 아미산 일대의 뭇 남자들을 홀
리고, 다시 그 남자들을 희롱한다고 소문난 마녀. 그녀의 이

름도, 출신도 아무것도 알려진 바가 없었다.

그런데 지금 그들 앞에 만월도를 찬 미녀가 자리하고 있었던 것이다.

무승들은 자기도 모르게 들고 있던 선장에 힘이 들어갔다.

"아미타불. 시주, 행낭만 확인하고 그냥 보내드리려 했습니다만, 아무래도 안 되겠습니다. 저희들과 함께 아미산으로 가셔야겠습니다."

"싫어요. 아미산… 이제는 지긋지긋해!"

소리치며 차가람은 도리질 쳤다.

마음을 다스리려고 아미산으로 향했는데, 산에 들어오면서부터 분란에 휩싸였다.

세상 사람들이 자기를 만월의 마녀라고 부른다. 차가람도 그것을 알고 있었다.

그런데 그게 어디 자기 탓인가?

예쁜 여자만 보면 사족을 못 쓰는 강호의 파락호들 잘못이지. 결국 흥분을 못 참고 그들에게 따끔하게 일침을 놓았을 뿐이다.

그 결과 얻은 이름이 바로 만월의 마녀.

뿐인가? 결국은 식마와 음마의 소란에 엉켰고, 잊으려고 하는 이단을 다시 만나기까지 했다.

게다가 오늘 아침에는 또 명색이 수도승이라는 자들한테 겁간을 당할 뻔하지 않았나.

이쯤 되면 누구라도 정나미가 떨어질 만할 것이다.

"권주를 마다하고 벌을 받겠다? 시주, 아무래도 안 되겠소이다. 신농계에 누가 된다 한들, 우리 아미산의 일동은 시주의 신변을 확인하지 않을……."

무승은 깜짝 놀랐다.

그냥 놀란 게 아니라, 뒤로 한 걸음 주춤 물러서기까지 했다. 그리고 다시 달려나갔다. 차가람이 서 있던 그 자리로 가서 자기가 본 것을 확인했다.

차가람이 절벽 아래로 몸을 던진 것이다.

그 무승뿐만 아니라 다른 승려들도 일제히 차가람이 뛰어내린 절벽을 확인했다.

"세상에……!"

차가람이 날고 있었다.

한 마리의 매처럼 바람을 타고 서서히 아래로 날아내리고 있었다.

풍연유운신. 한 줌의 진기만 있어도 바람을 타는 연처럼 날 수 있다는 광마의 신법이다.

"아미타불, 아미타불, 아미타불……."

차가람의 자살을 했다고 생각했던 어린 승려는 불호만 외우다가 슬며시 눈을 떴다. 차가람이 날고 있는 것을 보고는 다시 불호만 외웠다.

"뭣들 하는 거야! 어서 빨리 신호를 보내라! 만월의 마녀가 이곳에 있다고! 강가를 뒤져서라도 그 계집을 잡아야 한다!
어서 빨리!"

처음 그들을 이끌던 무승이 소리쳤다.

다른 승려들이 일제히 흩어졌다.

만월의 마녀가 그곳에 있다는 소문은 삽시간에 아미산 전
역으로 퍼졌다.

그리고 어쩌면 만월의 마녀가 신농계와도 관련이 있을지
도 모른다는 소문도 함께. 그리고 그 소문은 차가람의 뒤를
쫓던 이단과 그의 일행에게도 전해졌다.

이단의 일행도 가끔 검문을 받았다.

하지만 이쪽은 수가 많다. 청사군의 선규 일행까지 합류했
으니 그 수만도 이십에 달한다.

게다가 그 사람들의 면면이 화려하다.

백발의 낭왕 이단과 설아, 개방의 사결 제자인 해석과 민간
인 혜민, 거기에 청성파의 고적, 고창 형제까지. 그리고 그들
을 따르는 청사군의 십여 명의 무사들까지.

이들이 누군가?

지금 사천강호를 떠들썩하게 만드는 식마와 음마를 처단
한 그 영웅들이다.

단지 신원을 확인하는 것만으로 그들은 못 갈 곳이 없었다.

이단은 빠르게 차가람을 향해 접근했다.

직접 보지는 못했지만, 아미산 무승들의 움직임만으로 차가람이 가는 방향을 알아내고 있었다.

그런데 그럴수록 설아의 얼굴은 딱딱하게 굳어만 갔다.

해석은 설아가 얼음장 같은 냉기를 풀풀 날리는 것과 이단이 냉막한 표정으로 길만 가는 것, 이 두 사람의 사이에서 어떤 표정을 지어야 할지 당황하지 않을 수 없었다. 그리고 그것은 혜민도 마찬가지였다. 그나마 혜민의 곁에 해석이 있어서 다행이다.

이단은 설아가 오든 말든 차가람을 향해 무승들이 움직이는 방향으로 계속 길을 재촉했다.

"낭왕, 정말 주왕이 최근에 나타난… 고수, 만월의 마녀란 말이오?"

선규가 물었다.

이단은 고개를 흔들었다.

"그것은 우리가 주왕을 만나기 전에는 알 수 없는 일인 듯하오. 강호의 소문이라는 것이 그렇지 않소?"

"하긴……."

대답하며 선규는 동료들을 둘러보았다. '너희도 들었지?' 하고 말하는 듯했다.

말은 그렇게 했지만, 이단은 만월의 마녀가 바로 차가람이라고 확신하고 있었다.

만월. 보름달이 아니라 차가람이 갖고 있는 만월도를 가리키는 것일 게다.

그리고 마녀라는 이름은 차가람이 율갑혼정기의 발작을 참지 못해서 갖게 된 별명일 테고.

이단은 미안했다. 그리고 걱정이 되었다.

모든 게 그 때문이다.

그가 차가람에게 율갑혼정기를 넣어주었고, 그 때문에 차가람은 율갑혼정기를 익혀야만 했다. 죽지 않기 위해서다.

그리고 그 결과가 지금이다.

이단은 한숨을 내쉬며 도리질을 쳤다.

왜 이렇게 차가람과 그의 인연은 꼬이기만 하고 풀리지 않는 것일까!

하늘 높이 날아올랐던 매가 삐이이— 하고 울면서 설아의 어깨 위에 앉았다.

"이단."

오랜만에 설아가 이단을 불렀다.

이단은 머릿속에서 차가람에 대한 생각부터 지웠다.

그리고 냉막한 얼굴로 돌아갔다.

"말해."

"나랑 결혼해 줘."

설아의 말에 뜨끔 놀란 사람은 이단이 아니라 고적이었다.

"싫어."

이단은 한 치의 망설임도 없이 대답했다.

순간 고적은 이단의 대답에 안도의 한숨을 내쉬었다.

그리고 이단의 대답을 듣는 순간, 설아는 묘한 표정의 미소를 지었다.

"그러면 차가람이 죽는데?"

"뭐?"

이번에는 이단의 얼굴이 굳어졌다.

"무슨 말이야, 설아? 무엇을 봤지? 이야기해 줘."

"아, 아파."

설아가 인상을 찡그렸다.

그제야 이단은 지금 자기가 설아의 양 팔뚝을 세게 움켜쥐고 있다는 것을 깨달았다.

순간적으로 고적은 허리에 찬 검에 손을 가져갔다.

"아, 미안."

이단이 한 발 물러섰다.

고적도 쥐고 있던 검병을 놓았다. 하지만 반대로 두 사람 사이로 한 걸음 다가섰다.

"설아, 가람에게 무슨 일이 생긴 거지?"

"말 그대로야. 위험해. 죽을지도 몰라."

"설아, 가람 어디 있어?"

"그럼 나랑 결혼해 줘."

설아가 자신있게 말했다. 당당한 자세로 고개를 바싹 쳐들고 이단 앞에서 떡 버티고 섰다.

"나랑 결혼해 준다면 차가람이 어디에서 무슨 일을 당하고 있는지 이야기해 줄 수 있어."

고적은 입이 바싹바싹 말랐다.

반대로 이단은 어떻게 말을 해야 할지 몰라 당황하고 있었다.

해석이 끼어들었다.

"낭왕, 어쩌면 사실이 아닐지도 모릅니다."

해석은 알고 있다.

이단과 차가람 사이에 무슨 일이 있었는지, 그리고 두 사람이 무슨 관계인지도. 낭왕 이단과 설아는 아무 관계도 아니라는 것을 누구보다 해석이 더 잘 알고 있었다. 그리고 무슨 오해로 차가람이 이단과 헤어졌는지도 짐작이 간다.

이단은 해석의 말에 고개를 저었다.

"아니. 설아는 거짓말을 안 해. 거짓말을 할 수 있다면 진작 우리를 이쪽이 아니라 다른 곳으로 유도를 했을 거야."

설아가 승리의 미소를 지었다.

"맞아. 설아는 거짓말을 못해. 그리고 차가람은 이쪽에 있어. 하지만 이제 차가람은 위험해."

"뭐가 위험하단 말이오?"

듣고 있던 선규가 앞으로 한 걸음 다가서며 물었다.

"무승들. 셀 수 없이 많은 남자 땡중들이 차가람을 쫓고 있어. 그리고 차가람은 이제 달아날 길도 없게 되었고. 좀 전에는 절벽에서 뛰어내려서 위기를 벗어날 수 있었지만, 절벽 아래에도 승려들이 지키고 있어. 차가람은 이제 달아날 수 없어. 땡중들이 차가람을 죽일 거야."

설아의 미소는 승리의 미소가 확실했다.

위기의 차가람은 이제 설아를 이길 수 없으리라. 다시는 이단을 차지할 수 없을 것이다.

"그러니까 이단, 결혼해 줘. 이건 내가 차가람을 살리는 대신에 내거는 조건이야."

설아는 손을 내밀어 자기 손을 잡고 청혼을 하라는 동작을 취했다.

"꿀꺽."

고적은 마른침을 삼켰다.

그 소리가 너무 커서 사람들이 일제히 고적을 바라보았다. 이 중요한 순간에 그런 잡음을 내느냐는 것이다.

"설아!"

"설아 소저, 그건 옳지 못하오."

이단이 말했고, 그가 말하는 순간에 더 이상 못 참고 고적이 끼어들었다.

"사람의 목숨을 놓고 자신의 이익을 챙기려 하는 것은 옳은 일이 아니오."

"왜 옳은 일이 아니지?"

"그것은… 그러니까……."

설아의 너무도 황당한 질문에 고적은 순간적으로 당황했다. 자신이 왜 이 두 사람의 대화에 끼어들었는지도 까먹었다.

"설아."

이단이 다시 설아를 불렀다.

"이단, 나는 기다리고 있어. 하지만 이단, 시간은 자꾸 가고, 차가람은 위험해져. 어쩌면 늦을지도 몰라."

이단은 팔을 벌리고 설아에게 다가갔다.

설아의 얼굴이 환하게 미소를 지었다.

"이단."

이단이 설아를 가볍게 안았다.

해석의 얼굴에, 그리고 선규의 얼굴에 실망감이 어렸다. 두 사람은 이단이 차가람과 잘되기를 바랐던 것이다.

또 고적의 얼굴도 일그러졌다.

이것으로 설아는 이단의 아내가 될 것이다.

"설아, 나를 그렇게 좋게 봐줘서 고마워. 하지만 설아, 나는 가람을 사랑해."

"나도 이단을 사랑해, 이단."

이단의 품에 안겨서 설아가 속삭였다.

"내게 이런 기회를 준 것도 고마워. 하지만 나는 가람을 사랑해."

이단은 설아를 품에서 떼어났다.

"이단… 왜, 이단? 설아가 이렇게 이단을 사랑하는데?"

치단은 설아를 가만히 내려다보았다.

"내가 가람을 사랑하면서 설아와 결혼한다면 그것은 두 사람을 배반하는 거야."

"하지만 설아는 괜찮아. 이단이 설아 곁에만 있어준다면 설아가 이단을 사랑하니까 상관없어. 이제는 설아가 이단을 치료해 주고, 설아가 이단을 지켜줄 거야. 다른 사람, 특히 차가람 같은 요녀가 이단을 건드리게 안 만들 거야."

설아가 소나기같이 말을 쏟아냈다.

이단의 대답이 무엇인지 알기 때문이다.

"고마워, 설아. 하지만 거절한다."

동시에 세 남자가 안도의 한숨을 내쉬었다. 해석, 선규, 그리고 고적이다. 문득 해석과 선규는 왜 고적이 안도를 하는지 이해를 할 수 없었다.

"설아의 말 덕분에 가람이 어디 있는지 알겠어."

이단은 동료들을 둘러보았다.

"강 하류 쪽으로, 낙산사 근처일 거야. 그렇지만 다 같이 가다가는 늦을지도 몰라. 내가 먼저 간다. 지금까지 함께해 준 여러 강호 형제들, 고마웠어. 와줘도 좋고 안 와도 좋아. 난 가람을 지켜야 해."

이단은 함께 온 일행을 둘러보았다.

해석은 환하게 웃고 있었고, 혜민은 차가람이 어떤 사람인지 몰라 안절부절못하고 있었다.

선규도 어서 가라고 눈짓으로 말하고 있었고, 선규의 그 마음은 청사군의 다른 형제들과 다를 바 없었다.

고적은 설아의 눈치만 살폈다.

울고 있는 사람은 설아밖에 없었다.

"그럼!"

이단이 신형을 날렸다.

사람들은 이단이 한 개의 연처럼 바람을 타고 하늘을 나는 것을 오늘만 벌써 두 번째로 보았다.

선규가 흐뭇한 표정으로 옆에 동료에게 물었다.

"어때? 정말 대단하지?"

"그가 우리 수라방의 낭왕이라는 게 이렇게 자랑스러울 수 없어요."

선규의 말을 받은 동료가 대답했다.

또 딴 동료가 물었다.

"근데 낭왕의 머리는 왜 저렇게 된 거요?"

선규는 대답을 못했다.

그도 지금까지 그것을 묻지 못했기 때문이다.

"다음에 만나면 물어보도록 하지."

선규는 동료들을 둘러보았다.

이제 그들은 갈 길을 정했다.

계속 이단을 쫓아갈 생각이다.

"어쩌실 거요?"

선규는 먼저 개방의 해석과 그와 함께 다니는 혜민을 바라보았다. 도대체 이 두 사람이 왜 이단과 함께 있는지는 알 수 없지만, 어쨌거나 이단의 동료인 것은 확실하다.

"어쩌긴, 쫓아가야지요."

해석은 망설이지 않고 대답했다.

"나도 가요."

혜민이 행여나 그녀 혼자만 떨어질까 봐 목소리를 높여 대답했다.

선규는 다음으로 고적을 바라보았다.

고적은 선뜻 대답을 못하고 설아 눈치만 살폈다.

설아는 그때까지 고개를 돌리고 울고 있었다.

선규는 대충 고적의 마음을 눈치챘다.

"그럼 대충 결정되었군. 가세. 조금이라도 빨리 우리가 도착하는 것이 낭왕을 위해 도움이 될 테니까."

선규가 움직이기 시작했다.

고창은 왜 고적에게 왜 따라가지 않느냐고 연신 눈짓을 줬지만, 고적은 설아만 혼자 두고 이 자리를 뜰 수가 없었다. 누가 뭐래도 고적은 설아를 지켜야 할 사람은 자신인 것 같았다.

"나도 가요."

설아가 고개를 바짝 쳐들고 소리치듯이 말했다.

"흥! 나 버리고 그 두 사람, 얼마나 잘사는지 내가 볼 거예
요. 이 두 눈으로 똑똑히!"

설아의 얼음장 같은 말에 선규는 그럴 줄 알았다는 듯이 대
소를 터뜨렸다.

"그렇군요. 그럼 모두 다 가는 겁니다. 이견 없는 거죠?"

고적은 서둘러 고개를 끄덕였다.

행여 선규가 청성파의 고적과는 같이 갈 수 없다고 할까 봐
겁이라도 나는 것 같았다.

선규가 방향을 잡았다.

"아니. 그쪽은 느려요. 이쪽이 빨라요."

설아가 다른 쪽을 가리켰다. 지금까지 오던 방향과는 조금
다른 방향이다.

설아는 마치 한눈에 내려다보고 있는 것처럼 말했다.

"강은 이쪽으로 흐르다가 꺾여서 저쪽으로 방향을 틀고 있
어요. 어차피 강기슭으로 갈 거라면 처음부터 저쪽으로 가는
게 빨라요. 그리고 차가람도 그쪽으로 가고 있으니까."

역시 설아는 처음부터 알고 있었다.

삐이이.

매가 다시 날아올랐다.

하늘에서 그녀에게 보이는 것을 전해줄 것이다.

"해석……."

설아가 손을 내밀었다.

사람들은 그게 무슨 뜻인지 알았다.

　설아는 매를 날렸다. 이제 매가 보는 것을 보게 될 것이다. 설아는 가까운 거리는 이단이 보는 것을 같이 보면서 정상인처럼 길을 갈 수 있었지만, 이제는 그럴 수 없다. 이단은 다른 곳으로 갔기 때문이다.

　결국 설아는 다시 장님인 셈이다.

　해석이 설아의 손을 잡기도 전에 먼저 고적이 그녀의 손 밑에 자기 손을 덥석 내밀었다.

　"제가 안내하겠소, 설아 소저."

　그러자 설아는 감정 하나 묻어나지 않는 차가운 목소리로 대답했다.

　고적은 행여나 자신의 행동이 어색하지는 않았을까, 또 자기 감정이 묻어나지는 않았을까 걱정이 되었지만, 아무도 그것을 신경 쓰는 사람은 없었다.

　고적은 그렇게 생각했고, 그래서 안도의 한숨을 내쉬었다.

　일행은 움직였다.

＊　　　＊　　　＊

　이단은 바람을 탔다.

　바람을 타고 강을 내려갔다.

　발밑으로 강물이 흐르고, 서서히 그의 신형이 밑으로 떨어졌다.

드디어 바람이 힘을 잃고 이단을 강 위로 집어 던지는 찰나, 이단은 낚싯대를 펼쳤다. 일순간에 한 자 길이에서 열 자이상 길어진 암천조는 수면을 때렸다.

다시 한 번 이단의 신형을 허공을 갈랐고, 그렇게 수면을 박차고 날아오를 수 있었다.

이단은 이제 물 위를 달리기 시작했다.

풍연유운신보다 많은 내공이 들지만 강을 따라 달리는 것이, 수면 위를 달리는 것이 길을 따라 달리면서 신법을 펼치는 것보다 빠를 것 같아서다.

어느새 이단의 경공술은 초상비(草上飛)를 넘어 답설무흔(踏雪無痕)의 경지에 이르고 있었다. 이제 남은 다음 단계는 허공답보다.

어느새 이단의 무공 수위는 일취월장하고 있었다.

*   *   *

설아의 말대로 차가람은 위험에 처했다.

아미산의 신호 체계는 생각 밖으로 신속했고, 차가람이 강둑에 도착할 때 즈음에는 벌써 무승들이 그곳을 향해 달리고 있었다.

차가람은 내심 열심히 달렸다.

하지만 달리는 데에도 한계가 있었다.

강이 흐르는 방향만 빼고 사방에서 달려들고 있으니, 달아날 길도 없었다. 어느새 정신 차리고 보니 다시 아미파 고수들에게 둘러싸여 있었다.

"무기를 버려라!"

"무기를 버리고 투항하라!"

여기저기에서 함성이 들렸다.

차가람은 허리에 차고 있는 만월도를 바라보았다.

그러고 보니 칼을 얻은 이후 한 번도 제대로 칼춤을 춰보지 못한 것 같다.

마지막으로 칼춤을 추었던 때가 십여 일 전에 이단과 민산을 가던 길에서다. 개방 제자들과 한데 어울려서.

'그땐 참 즐거운 시간을 보냈었지.'

차가람은 하늘을 올려다보며 환하게 미소를 지었다.

이제 이것으로 끝인 듯했다.

'그래, 무슨 미련이 남아 있다고.'

어차피 부모로부터 버림받아 고아로 시작한 삶이다. 노리개로 자라서 한 남자를 알았다. 그 남자의 진심이야 거짓이 아닐지도 모르지만, 그 남자에게는 이미 다른 사람이 있었다.

'그래, 그러면 된 거야.'

나를 사랑해 주는 한 남자.

그리고 내가 사랑하는 한 남자.

'이단, 잘 있어!

차가람은 만월도를 뽑았다.

"이 무공 초식의 이름은 첨밀밀! 천하제일의 수비 초식이다! 그것을 볼 수 있는 것을 영광으로 알아라!'

소리치며 차가람은 무승들 사이로 뛰어들었다.

금빛 물결, 금빛 비늘이 사방으로 휘날렸다. 칼과 선장이 부딪치며 불꽃을 일으켰고, 산산이 부서지는 광망이 세상을 밝혔다.

포위진은 구멍이 뚫렸고, 여기저기에서 신호탄이 허공을 갈랐다.

*   *   *

혜민은 문득 이단이 궁금했다.

"아저씨는 뭐 하고 있을까?"

물론 혼잣말이다.

"알려줘?"

곁에 같이 가고 있던 설아가 대답했다.

혜민이 고개를 번쩍 들었다.

"강을 달리고 있어."

설아의 말에 곁에 있던 해석이 되물었다.

"강을 달리고 있으면… 강가를 달리고 있다는 말이오?"

선규도 참견한다.

"그럼 곧 주왕 차가람 소저와 만나겠구려?"

이내 선규는 입을 다물었다. 설아가 이단과 차가람이 서로 만나는 것을 좋아할 리가 없으니까 말이다.

설아는 선규의 말은 무시하고 해석의 질문에 대답했다.

"아니, 강 위를 달리고 있어."

"강 위를?"

해석도 놀라고 선규도, 고적도 모두 놀랐다. 혜민만 그게 무슨 말인지 몰라 어리둥절해했다.

"강을 달린다는 게 무슨 말이야?"

해석이 대답했다.

"말 그대로 강을 달린다는 거야. 그만큼 빨라서 이 발이 강에 빠지기 전에 저 발을 내딛는다는 거야."

"소금쟁이처럼?"

"뭐, 비슷하지. 그만큼 빨라서 강 위를 달릴 수 있다는 거야."

고적은 해석의 말을 듣지 않고 있었다.

"으드득."

그저 이만 갈았다.

설아가 문득 고적을 향해 얼굴을 돌렸다.

"당신은 왜 이단을 미워하죠?"

고적은 깜짝 놀랐다.

"미워해요? 제가 말입니까? 허허헛. 제가 왜요?"

"속이려 해도 소용없어. 내가 당신 손을 잡고 있는 한, 당신의 감정을 나는 느낄 수 있으니까."

고적은 당황했다. 이 상황을 어떻게 이해할지, 그리고 자신의 감정을 어떻게 설명해야 할지 알 수가 없었다.

그나마 다행이랄까?

"선규, 조 앞에 오른쪽으로 급경사를 내려가는 샛길이 있어요. 그 길로 가면 되요."

설아는 더 이상 고적의 흥분과 감정에 관심을 갖지 않았다. 오히려 그게 다행이었지만, 한편으로는 고적은 섭섭한 마음이 가시지 않았다.

*   *   *

치가람은 서서히 지쳐 갔다.

아무리 천하제일의 수비 초식이 있다 한들, 한 사람이 수십이 아니라 수백 명을 상대하는 데에는 한계가 있는 법이다.

게다가 무공 자체만으로는 차가람은 그렇게 강한 편이 못된다.

애초에 신농계가 강호사패에 낀 것도 모순이다.

단지 사 년 전 마교의 난 때 강호인들을 살리는 데 지대한 역할을 높이 사서 그렇게 불러주었을 뿐.

그래서 차가람은 서서히 지쳐만 갔다.

포위망은 점점 더 좁혀졌고, 이제는 사방에서 날아오는 선장을 쳐내기에 급급했다.

하지만 손속은 자유로웠다.

마음을 비우니 손발이 자유로워졌다.

미처 깨닫지 못했던 첨밀밀의 묘미를 알 수 있었다.

게다가 내공의 흐름도 자유로웠다.

굳이 율갑혼정기의 이치를 따져야 할 것도 없었다.

율갑혼정기의 근본은 자유로운 심신, 마음 가는 대로, 그리고 힘 가는 대로 하는 것이 그것이다.

차가람은 지쳤지만, 몸과 마음은 즐거웠다.

그렇게 차가람은 지쳐 갔고, 슬슬 휘두르는 칼에 힘이 빠졌다.

그나마 휘두르는 병기가 만월도라서 다행이랄까?

둥글게 휘어진 칼날은 선장을 쳐내면 반드시 되돌아왔다. 직도나 배도라면 선장과 정면으로 맞부딪쳐 뒤로 튕겨 나갔겠지만, 만월도의 휘어진 도신은 부딪친 병기를 도신의 굽어진 각도를 따라 흘려보내고 있었다.

그것 또한 첨밀밀의 묘미라고 차가람은 생각했다.

"지독한 년."

선장을 휘두르다가 만월도에 격중된 까까중 하나가 욕을 토했다.

어느새 무승들은 불호를 외우는 것도 까먹고 있었다.

일 대 수십을 넘어 백여 명의 무승들이 차가람 하나를 잡기 위해 달려들고 있었다.

그래서 잡지 못한다면 결국 그들이 아니라 아미파 전체의 이름에 커다란 오점을 남기리라.

그래서 그들은 더욱 악착같이 달려들었다.

"뭣들 하는 거냐! 계집 하나 잡지 못하고!"

드디어 성적사의 무승들을 총책임지고 이끄는 대승이 나타났다. 성적사에서 나온 심명 사승이다.

"비켜라!"

소리치며 심명 사승은 곧장 차가람을 향해 날아왔다.

차가람은 그를 보며 따듯한 미소를 지었다.

이제야 드디어 끝을 낼 수 있었다.

이름 모를 그냥 땡중의 손에 패하고 싶지는 않았다.

그런 고집이 차가람을 지금까지 붙잡고 있었다.

이제야 나타난 자, 그가 나타나자마자 펼쳐 보이는 한 수는 결코 얕은 수가 아니었고, 그러면 나름 이름 높은 고승이리라.

차가람은 전심전력으로 심명 사승을 상대했다.

파하아아!

불꽃이 터지면서 만월도가 미끄러졌다.

"흡!"

심명 사승이 짧게 신음 소리를 흘린다.

어느덧, 차가람은 만월도의 묘미를 만끽하고 있었다.

반대로 심명 사승은 중원에서는 드물게 보기도 힘든 휘어진 칼날의 미끄러짐, 만월도의 묘용에 당황하고 있었다.

분명히 막았는데 파고든다. 바로 그게 만월도의 장점이다.

차가람은 원을 그리고, 원을 그리고, 또 원을 그렸다.

칼날이 빛을 그렸다.

그리고 둥근 빛은 그대로 하나의 장막을 형성했다.

지금까지는 수십, 백여 명을 상대로 첨밀밀을 펼쳐야 했기에 밀도가 떨어졌지만, 이제는 상대가 하나다.

당연히 밀도 높은 첨밀밀의 밀도를 더욱 높일 수가 있었고.

차가람은 첨밀밀을 펼쳤다. 펼치고 또 펼쳤다. 원, 원, 원, 둥근 칼날은 그것 자체가 공이라도 되는 것처럼 계속 둥근 도신의 장막을 만들어냈다.

타다다다!

불꽃이 터졌다.

심명 사승은 선장으로 내찔렀지만, 첨밀밀이 만드는 장막을 뚫을 수가 없었다.

한 곳이 뚫릴 것 같으면 옆의 원이 밀고 들어와서 뚫린 구멍을 메운다. 원은 커지고 작아지기를 반복하면서 계속해서 생성되었고, 또 소멸했다.

한쪽에서 누군가 중얼거렸다.

"아름답군."

"저게 정말 마공 맞아?"

그 소리는 심명 사승의 심기를 불편하게 했다.

심명 사승은 오기로라도 이 계집을 이겨야 했다.

곧 쓰러질 것 같으면서도 안 쓰러지기에 지치기만을 기다렸는데, 그랬다가는 하세월일 것 같았다.

일격에 끝을 내야 한다.

심명 사승은 내공을 끌어올렸다.

그리고 선장을 횡으로 휘둘렀다.

쫘아아아!

생각대로다.

횡으로 길게 선을 그으며 날아가는 선장이 허공에 펼쳐진 원의 그물에 걸렸다.

선장은 그것에 그치지 않고, 힘을 잃지 않은 채로 그대로 날아갔다.

그물망이 걸렸다.

그물망이 선장의 힘을 막지 못하고 그대로 끌려왔다.

선장의 중간에 차가람의 신체가 걸렸다.

심명 사승은 멈추지 않고 선장을 돌렸다. 더욱 내공을 끌어올렸다.

쫘아아아!

선장이 있는 힘껏 돌아갔다.

선장 끝에 걸렸던 사람도 같이 힘없이 날아갔다.

"와아아아!"

함성이 울렸다.

이겼다.

드디어 끝을 냈다는 호승심이 심명 사승을 더욱 기쁘게 했다.

"뭣들 하고 있는 거냐! 잡아라!"

심명 사승을 떨어지는 만월의 마녀의 신형을 바라보면서 소리쳤다.

소리치던 찰나, 심명 사승은 그곳을 향해 달려오는 물기둥을 바라보았다.

물기둥?

물이 기둥처럼 허공으로 솟구친다. 그것도 한 줄로 일직선을 그리며. 그 물기둥은 바로 그들을 향해 달려오고 있었다.

사람이다.

절정의 고수!

답설무흔, 수상보(水上步)의 경지를 보여주고 있는 고수다.

자기도 모르게 심명 사승은 손에 땀이 났다.

허공에서 무언가 반짝였다.

무얼까?

곧 심명 사승은 곧 그것이 무엇인지 알아차렸다.

낚싯대와 낚싯줄이다.

그것은 떨어지는 만월의 마녀를 그대로 낚아챘다.

"잡았다."

"와아아아!"

상대가 누군지도 모르고, 그가 펼쳐 보이는 무공에 무승들은 넋을 잃었다.

고수는 만월의 마녀를 받아 안았다.

그리고 물속으로 가라앉았다.

다시 서서히 떠오른 그는 천천히, 천천히 그녀를 품에 안은 채로 그는 이쪽으로 다가왔다.

검은색 장포. 백발과 하얀 피부를 제외하면 모든 게 검었다. 그리고 들고 있는 낚싯대, 조간도 새까맣다.

조간을 독문 병기로 쓰는 사람.

심명 사승은 빠르게 그가 알고 있는 강호 고수들의 이름을 뒤졌다.

굳이 뒤질 필요도 없었다.

조간을 독문 병기로 쓰는 사람은 둘밖에 없었기 때문이다. 후영한조 정운과 낭왕, 독군 이단.

"가람, 나야."

"이단……."

낭왕의 품에 안긴 미녀, 만월의 마녀가 낭왕의 얼굴을 쓰다

듣는다. 그리고 미소 짓는다.

지금까지 그들이 본 적이 없는 행복한 미소다. 보는 사람들의 마음마저 따듯하게 만드는 그런 미소였다.

만월의 마녀가 낭왕의 목에 팔을 휘감았다. 이내 그 팔은 풀렸다. 지친 나머지 의식을 잃은 것일까? 심명 사승의 마지막 일격에 심각한 부상을 입은 것은 아닐까? 행여나 죽은 것일지도?

온갖 생각이 다 들었다.

낭왕은 천천히 뭍으로 걸어나왔다.

"나는 낭왕, 수라방의 독군 이단이다."

낭왕은 침착한 목소리로 조용히 중얼거렸다.

하지만 그곳에 있는 모든 사람들은 다 들을 수 있었다.

아무도 함부로 숨을 내쉴 수 없었다.

그저 조용히 그를 보낼 수밖에.

심명 사승은 손이 부들부들 떨렸다.

상대는 낭왕 이단이다.

그가 맞았다.

그럼 이제 어떻게 해야 하지?

무엇을 어떻게 해야 하는지 심명 사승은 알 수 없었다.

어쩌면 만월의 마녀가 그녀 말대로 정말로 신농계의 무사일지도 모른다.

낭왕 이단과 아는 사이인 것을 보니, 그리고 그 두 사람의 너무도 뻔뻔하면서도 자연스런 행동을 보아하니 그것이 맞을 것 같았다.

낭왕 이단하면 떠오르는 사람이 있다.

바로 주왕 차가람이다.

가뜩이나 최근에 두 사람의 염문에 대해 온갖 소문이 난무하고 있는데, 그녀가 주왕 차가람이라는 것을 쉽게 알 수 있었다.

그럼 어떻게 해야 하지?

정말로 저자가 식마와 음마를 하룻밤 사이에 도륙한 낭왕 이단이란 말인가?

저자는 분명히 낭왕 이단이다.

그가 보여준 몇 수. 답설무흔, 수상비에 허공을 낚아채는 조간의 실력! 조간을 다루는 실력만으로 그가 낭왕 이단이고, 답설무흔과 수상비를 통해 보여준 그의 무공 수위가 어느 정도인지 증명하고 있었다.

그 정도 실력이라면 식마와 음마가 어떤 자들인지는 몰라도 그들과 평수를 이룰 수 있을 것 같았다.

거기에 청사군, 청성파, 그리고 봉문까지 힘을 보탠다면 식마와 음마, 두 마두를 하나씩 처단할 수도 있을 것이다.

불가능한 일이 아니다.

그렇게 생각되었다.

그럼 이제 어떻게 해야 하지?

막아야 하나?

막아야 한다.

그냥 보내면 아미파, 아미파 전체는 아니더라도 성적사의 이름이 땅에 떨어진다.

백여 명의 젊은 무승들이 주왕 차가람 하나를 못 잡았고, 낭왕 이단에게 아무 소리 못하고 길을 내주었다.

그 소문이 강호를 떠돌 것이다.

막아야 한다.

심명 사승은 결심을 했다.

"낭왕!"

소리치며 선장으로 바닥을 찍었다.

힘을 주어 선장을 잡았다.

낭왕 이단과 눈이 마주쳤다.

순간 난왕 이단의 두 눈이 심명 사승의 머릿속을 온통 헤집었다. 마치 나는 네 속을 알고 있다. 움직이면 너를 터뜨려 죽이겠다고 말하는 것 같았다.

살기다.

그것은 자신의 가장 소중한 것을 지키기 위해서는 죽음도 불사하겠다는 지독한 살기다.

그리고 그자는 충분히 그럴 수 있는 힘을 갖고 있었다.

그와 눈을 마주하고 있는 심명 사승은 손이 부들부들 떨렸다.

입에서 절로 단내가 났다.

그는 다시 한 번 결심을 했다.

"살펴 가시오."

심명 사승은 두 눈을 질끈 감았다.

"철수한다."

심명 사승은 다시 한 번 선장으로 바닥을 내려쳤다.

"못 들었느냐? 철수한다고."

누군가 조심스럽게 물었다.

"사숙, 저들의 신원을 확인이라도……."

심명 사승은 조심스럽게 묻는 그 승려의 목덜미를 와락 움켜쥐었다.

"낭왕 이단이라 하지 않았더냐? 봐라, 낭왕 이단이다. 네 눈으로 보고도 믿지를 못하겠더란 말이냐? 낭왕 이단이다, 낭왕 이단!"

심명 사승은 거칠게 그를 내던지다시피 하며 내려놓았다.

아직도 분이 풀리지 않았다.

하지만 심명 사승은 모르고 있었다.

그 자리에 모인 백여 명의 아미산 무승 모두가 심명 사승이 낭왕을 불렀을 때 가슴이 철렁 내려앉았다가 살펴 가라고 말하는 순간에는 지옥에서 살아 돌아온 것처럼 가슴을 쓸어내렸다는 사실을 말이다.

＊　　　＊　　　＊

"아아아!"

길을 가던 설아가 한 손으로 가슴을 움켜쥐며 신음 소리를 내뱉었다.

사람들이 모두 그녀를 바라보자 설아가 그것을 알고 대답했다.

"이단이 차가람을 만났어요. 차가람은 백여 명의 까까대머리한테 밀리고 있었는데……. 일격을 당한 차가람의 신형이 허공을 날아갔지요. 그렇게 죽을 줄로만 알았어요. 바로 그때, 이단이 나타났어요."

사람들은 모두 숨을 죽였다.

"이단이 차가람을 번쩍 안아 들었어요. 그리고 외쳤어요. 내가 이단이다!"

설아는 마치 자신이 이단이라는 것처럼 주먹을 불끈 쥐고 하늘로 치켜 올리며 소리쳤다. 이단은 그렇게 하지 않았지만, 설아는 그게 훨씬 더 극적이라고 생각했다.

이내 흥분을 가라앉히며 말했다.

"그러자 사람들이 썰물처럼 갈라졌어요. 이단은 아무 말 없이 차가람을 안은 채로 그들 사이를 지나갔어요. 알죠, 무슨 말인지? 마치 물길이 갈라지고 길이 나타나듯이 이단이 지나는 길이 열리는 거요."

설아는 손으로 앞을 휘저으며 길이 열리는 것을 묘사했다.

"그러자 까까중의 우두머리가 낭왕! 하고 이단을 불렀어요. 이단이 그를 쳐다보니까 그가 말했어요. 안녕히 가세요, 하고요. 그게 다예요."

"와아아아!"

선규는 환호성을 질렀고, 사람들은 왁자지껄 떠들면서 이단의 성공이 마치 자신의 것인 양 즐겁게 떠들었다.

"알죠, 내가 왜 이단을 좋아하는지?"

설아가 사람들에게 자신을 이해해 달라는 것처럼 소리쳤다. 하지만 그 소리도 다른 사람들의 축하와 격려와 환호성 속에 묻혔다.

혜민이 풀이 죽어서 물었다.

"그럼 아저씨는 다른 언니를 만난 거야?"

해석이 혜민의 어깨를 두들겼다.

"둘이 정말 좋아하는 사이야. 그러니까 좋은 일이지."

해석은 그것이 마치 제 일인 양 환하게 웃고 있었다.

"우리 설아 소저에게는 미안한 일이지만, 어쩌겠어. 너도 설아 소저랑 잘되기를 기대하고 있었구나."

혜민은 입술을 삐죽거렸다.

"아니, 그게 꼭 그것은 아니지만……."

고적은 설아의 말을 들으면서도 그것을 믿을 수 없었다.

답설무흔, 수상보라고?

그것도 믿기 힘든데, 이번에는 고함 한마디로 백여 명의 무승들을 내쳤다고?

낭왕 이단이 무슨 초절정고수라도 된단 말인가?

그 말을 그렇게 믿고 있는 사람들이 이해가 안 갔다.

자기도 사숙조 모강의 진기를 이어받아서 이제야 절정 급의 고수가 되었는데, 그와 비슷한 나이의 이단이 어떻게 그럴 수 있단 말인가!

'나처럼 또 누가 전대 고인이 그 뒤를 봐주었다면 몰라도… 응?'

그게 꼭 불가능한 것만은 아니다.

낭왕 이단의 이름은 벌써 오 년 전부터 사천을 흔들었다.

그때부터 그랬다면, 만약 며칠 전에 자신이 모강의 은혜를 입은 것처럼 오 년 전에 이미 낭왕 이단이 그런 행운을 안았다면? 그럼 지금쯤이면 충분히 그럴 만했다.

고적은 생각을 고쳐먹었다.

낭왕 이단에게는 무언가 특별한 것이 있다.

그리고 그자는 가사몽습지혜라는 위험한 마공을 익혔다.

경계해야 한다.

그리고 그자의 정체를 까발려야 한다.

그게 자신의 사명이다.

잊을 뻔했다.

잠시 설아의 미모에 정신이 팔려서 자신의 사명을 잊고 있었다.

'그리고 그게 설아 소저를 위해서도 좋은 일이야.'

고적은 설아의 눈에 씌워진, 그리고 이 사람들의 눈에 모두 똑같이 덮여 있는 콩깍지를 깔 사람은 자기밖에 없다고 생각했다.

그러기 위해서는 부단한 수련이 필요할 것 같았다.

*   *   *

애초에 취왕 장홍란과 유모 모용정이 이끄는 봉문은 곧장 검문산으로 향하려고 했다.

하지만 사람들이 너무나 지쳤다.

그런 상황에서 굳이 가는 길에 지나쳐야 할 성도에서 쉬지 못할 이유가 없었다.

성도에는 그들의 집이나 마찬가지인 정무련 청문궁이 있는데, 굳이 그곳에서 재충전할 기회를 마다할 필요가 없지 않은가!

그래서 그들은 길을 돌렸다.

아주 조금 돌렸을 뿐이다. 어차피 성도는 지나게 되어 있는 것이고.

그래서 정무련으로 들어가는 찰나, 그들은 지금까지 못 들던 소식을 들었다.

"수라방의 방장 전노군과 후영한조 정운 공께서 모두 피살되었다고?"

모용정이 놀란 만큼 취왕 장홍란도 놀랐다.

그들은 급히 서둘렀다.

정무련에는 장홍란의 하나밖에 없는 핏줄, 장홍학이 취문과 함께 있었다.

정무련의 사패 중에서 지금 현재 가장 약한 곳이 검각일지도 모른다.

서둘러야 했다.

"여어어, 멋진 여검수들이로다. 어디를 그리 급히 가십니까?"

웬 시정잡배 같아 보이는 자가 그녀들 앞을 가로막았다.

봉두난발에 꾀죄죄한 복장, 거기에 벽안에 은발이다.

처음에 장홍란은 그를 무시하고 그냥 지나치려고 했다.

그런데 말이 말을 안 들었다.

벽안에 은발이 말고삐를 잡은 것도 아닌데, 말은 아무리 가라고 박차를 가해도 주인의 말은 안 듣고 그 자리에 얼어붙은 것마냥 우뚝 서 있었다.

때마침 노년의 무사가 벽안의 은발을 향해 다가왔다. 그것도 애꾸눈이다.

"장군, 아직 자중할 때입니다."

벽안의 은발을 다른 노년의 무사가 말렸다. 그리고 장군이라 부른다.

"쳇, 아직 그런가?"

장군은 길을 비켰다.

그제야 말은 투레질을 하면서 몸을 떨었다.

장홍란은 느끼지 못하던 기운을 말은 느끼고 있었던 것이다.

고수다!

장홍란이 눈치채지도 못할 정도의.

이번에는 장홍란이 몸을 떨었다.

"가시는 길, 살펴 가시구려."

장홍란은 몸서리를 치면서 말고삐를 잡아챘다.

그제야 말이 움직인다. 주인의 뜻대로 말이다.

"또 보십시다, 젊은 처녀."

벽안의 괴물이 내뱉는 소리가 장홍란으로 하여금 소름이 돋게 만들었다.

누굴까?

이 와중에 어디서 저런 괴물이 튀어나왔단 말인가? 장군이라는 말은 또 무슨 뜻이고? 군부의 인물이라도 된단 말인가? 그나저나 전노군과 후영한조는 누구에게 당한 거지?

순간 장홍란은 깜짝 놀랐다.

"우어어……."

신음 소리를 내뱉으며 뒤를 돌아보았다.

없었다.

겨우 말이 몇 발자국 발길을 옮겼을 뿐인데, 그들은 사라지고 안 보였다.

장홍란은 다시 한 번 소름이 돋았다.

자신이 지금 무슨 일을 겪었는지 너무도 잘 알았다.

그것은 마치 오 년 전에 음마에게 납치당할 때의 그것과 비슷했다.

그때의 그 기억, 그리고 그 느낌.

그것들이 너무도 생생하게 되살아났다. 바로 며칠 전에 그 눈빛을 다시 재회하지 않았던가!

자신의 몸을 더듬는 그 눈빛. 사람은 달라도 눈빛이 의미하는 바는 같았다.

장홍란의 얼굴이 하얗게 변했다.

*   *   *

"고마워요, 오라버니."

당방현은 얼굴이 홍시처럼 발개져서는 말했다.

이제 겨우 정신을 차렸다.

하루 종일 잠을 잔 것 같았다.

그런데 몸은 오히려 날아갈 것처럼 가벼웠다.

당방현은 실명객에게도 인사를 했다.

"다시 한 번 목숨을 살려주신 은혜, 감사드립니다."

당방흔은 뭐라고 말을 하려 했지만, 실명객의 제지를 받고 입을 다물었다.

"어서 빨리 일어나시기만을 바라오, 소저."

당방흔은 조심스럽게 실명객을 살폈다.

피처럼 붉은 가면이지만, 그 밑에 감춰진 표정은 눈빛으로 흘러나왔다.

다정한 아버지의 눈빛이다.

당방흔은 이제 그가 누군지, 그리고 그가 왜 이토록 당방현을 아끼는지, 그녀를 위해서라면 무엇이든 불사하고 있는지 알 수 있었다.

당방흔은 당방현을 향하는 자신의 마음이 들킨 것은 아닐까 조심스러워졌다.

실명객이 이번에는 당방흔을 바라보며 고개를 끄덕였다.

믿는다는 눈빛이다. 자신의 딸아이를 그에게도 맡길 수 있다는 눈빛이다.

고마웠다.

자신을 믿어준다니 말이다. 당방흔은 그 믿음을 실망시켜 드리지 않기 위해서라도 제 할 일을 다하겠다고 두 주먹을 불끈 쥐었다.

아미산 인근에서 오늘 낮에 있었던 일에 대한 소문은 곧 그들에게도 전해졌다.

낭왕이 '나는 낭왕이다' 라는 일성으로 아미파 백 명의 대군을 몰아냈다는 전설적인 이야기, 그리고 낭왕이 위기에 몰린 주왕 차가람을 구했다는 전설 같은 이야기를 그들 세 사람도 들을 수 있었다.

"이쪽으로 오고 있다는군."

실명객의 말에 당방현은 고개를 끄덕였다.

하지만 고갯짓에 힘이 없었다.

실명객은 왜 그녀가 그렇게 맥없이 있는지 알 것 같았다.

낭왕이 헤어졌던 주왕과 다시 만났다고 한다.

이곳까지 오면서 들을 수 있었던 낭왕에 대한 이야기 중 절반은 주왕과의 염문이다.

낭왕이 주왕을 차버렸고, 그 충격으로 주왕은 정무련을 박차고 나갔다는 이야기다.

그런데 낭왕이 다시 주왕을 찾아냈다.

그렇게 다시 만난 두 사람은 쉽게 떨어질 것 같지 않았다.

때마침 밖으로 환호성이 울렸다.

인근 사람들이 모두 밖으로 몰려 나갔다.

인근 사람이라고 해봐야 모두 정무련에서 나온 사람들일 테고, 오는 사람들 역시 청사군, 즉 정무련의 사람들이다.

그들이 저렇게 일심으로 환영할 사람은 한 사람뿐이다.

요 며칠 사이, 전설적인 무위로 세상을 떠들썩하게 만든 사람, 바로 낭왕 이단이다.

"우리도 나가볼까?"

당방흔이 조심스럽게 물었다.

당방현은 고개를 저었다.

실명객이 말했다.

"여기 다원의 이층에서 밖을 내다볼 수 있는데, 그것이라도 한 번 보겠소?"

당방현은 잠시 망설였다.

그리고 결심했다.

여기까지 그를 쫓아왔는데, 그 얼굴을 한 번 못 보고 포기할 수는 없는 일이다.

고개를 끄덕였다.

실명객은 두 사람을 이층 창가로 안내했다.

때마침 낭왕 이단이 사람들에게 둘러싸여 그 밑을 지나가고 있었다.

낭왕은 다시는 놓치지 않겠다는 것처럼 풍만한 몸매를 가진 아름다운 여인의 두 손을 꼭 잡고 있었다.

그녀를 처음 보지만 당방현은 그녀가 누구인지 단박에 알 수 있었다.

주왕 차가람이리라.

이단의 얼굴은 행복해 보였다.

차가람의 얼굴도 행복해 보였다.

낭왕을 보는 사람마다 두 사람을 축하해 주었다.

두 사람을 뒤따르는 해석의 얼굴에도 만면에 미소가 번져 있었다. 연신 농담을 하면서 좌중을 즐겁게 하느라 정신이 없었다.

당방현은 알 수 있었다.

두 사람이 서로 정말로 좋아하고 있다는 것을.

"잘 봤어요."

당방현은 고개를 끄덕였다.

그리고 일부러 미소를 지었다.

"그를 봐서 기쁜데, 왜 자꾸만 눈물이 날까요?"

당방혼은 조용히 여동생을 끌어안았다.

"오빠, 집에 가자."

그의 여동생이 조용히 답했다.

당방현을 안고 당방혼이 안으로 들어갔다.

그런 딸의 모습을 실명객은 조용히 지켜만 보았다.

두 사람이 안으로 들어가자, 실명객은 창문을 닫기 위해 몸을 밖으로 뺐다.

순간 이단과 실명객의 눈이 마주쳤다.

실명객은 아무 생각 없이 그를 바라보았고, 이단의 눈에는 이채가 어렸다.

순간 실명객은 깨달았다.

이단이 그의 눈빛을 기억하고 있다는 것을 말이다.

사 년 전이다. 이단은 그때의 일과 그때의 사람들을 잊지 않고 있었다.

*   *   *

여일위는 뜻밖의 늙은 거지의 방문을 받았다.

"이놈아, 거지가 오면 먹을 것을 내와야 할 것 아니냐? 여기까지 오느라 쫄쫄 굶어서 죽을 것 같다."

여일위는 웃으면서 답했다.

"거지가 뭔들 못 먹겠소? 종이라도 씹어 드시지."

말은 그렇게 하면서 설렁줄을 당겨서 사람을 불렀다.

"여기 소채랑 소면이나 좀 내오게. 아, 그리고 나 마시게 용정차 한 잔!"

"용정차 두 잔!"

거지가 대뜸 소리를 질렀다.

"나는 국수에 풀뿌리나 먹이면서 네놈은 용정차를 마시겠다는 거냐, 이놈아!"

늙은 거지는 갑자기 웃통을 벗더니 그 자리에서 먼지 나게 툭툭 털기 시작했다.

흙먼지뿐만 아니라 넝마 같은 윗도리에 붙어 있었을 이와 서캐도 다 같이 떨어졌으리라.

거지는 그런 것은 신경도 안 쓰는 듯했고, 거지의 그런 행동을 여일위 역시 신경 안 쓰고 있었다.

"보령현은 어떻소? 요즘 당가도 꽤나 벅적하던데……."

"조요옹하지!"

거지는 먼지를 다 털었다는 듯 윗도리를 뒤집어서 입기 시작했다.

"바깥이 더러워지면 이렇게 뒤집어서 한 번 더 입지. 바깥쪽은 더러워도 안쪽은 깨끗하거든."

그런 거지의 행동을 보면서도 여일위는 여전히 웃음으로 그를 대했다.

"생각해 보게. 가주도 나갔고 당가의 말썽꾼, 당파추 그 늙은이도 나갔으니. 그러니 당가가 시끄러울 일이 뭐 있나? 시끄러우려면 여기 성도나 아미산이 시끄럽겠지."

마침 차가 나왔다.

그런데 차만 두 잔이고, 소채와 소면은 안 보였다.

"뭐야? 이 거지에게는 물만 주고, 풀이랑 국수 따위는 아깝단 말이냐?"

"그럴 리가 있겠소? 어쨌거나 덕분에 보령의 개방도 한가하겠구려, 당주."

여일위는 차에 손을 가져갔다.

"한가아하지. 한가아아하니까 네가 청할 때 냉큼 달려온 것 아니더냐?"

거지는 바로 개방 보령현의 당주 노도개 진판지였다.

천하제일방 소리를 듣는 개방이요, 백만 방도 소리를 듣는 개방인데, 개방의 당주 진판지가 여일위와 안면이 있다는 것이 그렇게 이상한 일도 아니었다.

정작 놀라운 일은 진판지를 청한 사람이 여일위라는 사실이다.

"그런데 왜? 똥구녕에 불이라도 붙었냐? 보령까지 사람을 보내서 나를 찾고."

"급한 일이 있었지요. 그런데 워낙 급한 일이다 보니 좀 늦었습니다."

여일위가 한숨을 섞어서 대답했다.

"쯧, 수라방 일이로군."

여일위는 고개를 끄덕였다.

"그런데 무엇을 걱정하냐? 백발귀 놈은 요즘 이름이 하늘을 찌르더군."

여일위는 다시 한숨을 내쉬었다.

"그러니 문제지요. 지금 그의 기세를 누가 감당하겠습니까마는… 오히려 그게 문제입니다."

"아가야."

진판지는 다정하게 여일위를 불렀다.

"세상 이치라는 것이 그렇다. 어찌 되었든 굴러가는 법이란다. 네놈이 생각하는 것처럼 그렇게 무른 것도 아니고, 네

놈이 생각하는 것처럼 그렇게 멍청한 것도 아니다."

여일위는 고개를 들었다.

오랜만에 들어보는 소리였다.

"작은할아버지."

진판지는 안면에 가득 미소를 지으며 주름 가득한 얼굴을 더욱 찡그렸다.

"그나저나 여기는 어떻게 된 거야? 배고파서 굶어 죽게 생긴 거지가 왔는데 물 한 잔만 내놓을 셈이야?"

*　　　*　　　*

유장한의 사망 소식을 들은 유달은 곧장 국주회의를 소집했다.

그에게는 그럴 만한 권한이 없지만, 지금의 상황에서 그것을 할 수 있는 사람은 그밖에 없었다.

잘못하면 수라방 전체가 와해될 수 있는 위기다.

이 위기를 잘 넘겨야 한다.

그래서 유달은 국주회의를 소집했다.

수라방은 장로회의가 없다. 대신에 수라방을 결성하고 있는 표국의 국주들로 구성되어 있는 국주회의가 있을 뿐이다.

상복을 입은 유달은 유장한이 앉던 자리에 앉았다.

회의장을 차지하고 있는 것은 원탁이다.

그것은 유장한이 고안한 방식인데, 둥글다 보니 어느 누구 높은 사람 없고, 어느 누구 더 중한 사람 없다. 모두가 국주들이니 다 똑같은 위치라는 뜻이다.

그렇게 국주회의에서 유장한은 자기 역시 표국 국주의 한 사람 자격으로 국주회의에 참석을 했다.

그리고 회의를 주재했다.

그런 유장한이 유달은 마음에 안 들었다.

유장한은 어쨌거나 수라방의 방장 전노군이다. 사군 중의 한 명이다.

그러니 당연히 다른 국주보다 한 끗발이 아니라 적어도 몇 끗은 높은 사람이요, 그런 사람이 스스로를 낮추는 것은 오히려 상대를 무안케 하는 행동이다.

어쨌거나 그 모든 것이 불만이었건만, 그 유장한이 갔다.

국주회의에 참석하는 국주들도 전노군의 사망에 경의를 표하는 뜻에서 상복의 베 갓을 쓰고 나타났다.

그러던 국주들은 버젓이 전노군의 자리에 앉아 있는 유달을 보고 인상을 찡그렸다. 하지만 먼저 입을 여는 사람은 아무도 없었다.

올 사람들이 다 오자 유달은 회의를 시작했다.

"그동안 우리 사천의 표국들과 그 표국 연합인 수라방의 안전과 번영을 위해 피와 땀을 다하시던 아버지께서 횡액을 당하셨습니다."

다 알고 있는 일을 시작으로 유달은 운을 뗀다.

"더불어 아버지의 그림자로 불리던 후영한조 정운 공마저도 하룻밤 차이를 두고 객사했습니다."

유달은 주위 국주들을 둘러보았다.

"이에 저는 수라방 방장 전노군의 권한 대행 자격으로 그 살인마를 수라방의 공적으로 선포함은 물론이요, 공적의 소탕을 수라방의 제일의 책무라고 선언하고 싶습니다."

아무도 입을 여는 사람이 없었다.

유달은 예상했던 반응이다. 하지만 너무 오래 침묵하고 있었다.

사람들이 서로의 얼굴을 번갈아 바라본다.

그러더니 한 사람에게 시선이 모였고, 결국 그가 자리에서 일어났다.

"옳은 말씀이외다. 하지만 아수라는 옳은 말씀도 말씀을 하는 자리에 따라서, 그리고 말씀을 하는 사람에 따라서 옳지 않을 수도 있는 법, 그것을 아시는지 모르겠습니다."

유달은 그게 무슨 말인가 이해가 안 갔다.

"무엇보다 먼저 우리들은 심히 불쾌하기 그지없소이다. 과연 누가 국주 회의를 소집하였소?"

"그건 내가 했소!"

유달이 소리쳤다.

일어섰던 국주가 알겠다는 듯 고개를 끄덕였다.

"그러셨군요. 그런데 아수라께서는 과연 국주회의를 소집할 수 있는 권한이 있는 거요? 아니, 아수라 당신은 이 국주회의에 참석할 자격이라도 있는 거요?"

순간 유달은 말문이 막혔다.

그의 생각에 이것은 너무도 당연한 일인데, 여기 모인 사람들은 아무도 그것을 인정하지 않는다.

아버지가 죽었으면 그 자리는 자식이 물려받는 것이 정상 아닌가?

그런데 자격이 없다고? 이게 무슨 소리인가?

"이곳은 국주회의가 열리는 곳. 당연히 그 자격은 표국의 국주여야 할 것. 수라방의 방장은 표국 국주들의 연합인 수라방의 방장이므로 능히 그 자격이 있다 할 수 있소이다만, 이제는 청사군에서도 쫓겨나고 한낱 표사에 불과한 아수라께서 무슨 자격으로 국주회의를 주재하고, 국주회의에 참석해서 권한 대행 운운할 수 있단 말이오?"

유달은 자리를 박차고 일어났다.

"아아, 말을 끝까지 들으시기 바라오. 오늘 회의에 참석하기 전에 우리 수라방의 국주들은 뜻을 모았소. 전노군의 유일한 적자가 아수라임은 모두가 주지하는 사실. 하지만 아수라는 수라방을 책임질 수 있는 능력을 우리에게 보여주지 않았소. 표사에서부터 총표파자, 표국 국주에 청사군의 군장까지.

다양한 것의 임무와 관례와 상도를 알아야 하고 그것을 중재해야 하는 자리가 바로 수라방의 방장! 무엇보다 아수라께서 그것을 우리에게 보여주지 않는 이상 우리는 아수라를 인정할 수 없소이다."

유달은 부들부들 떨면서 자리에 앉을 수밖에 없었다. 어느새 그는 회의에서 가외로 빠진 셈이 되었기 때문이다.

"그럼 국주회의를 시작하겠소. 우선 회의는 국주들 중에서 가장 연장자인 내가 임시로 주재를 할까 하오. 반대 있으면 말씀하시기 바라오. 없으시오? 그럼 우선 첫 번째 안건으로 방장 전노군과 그의 충신 후영한조 정운 공의 장례식에 관한 이야기부터 시작하기로 하오. 그다음으로는 개선해서 돌아오는 청사군과 수라방의 외무사 이단을 어떻게 맞을 것인가에 대한 이야기를 하고, 이번 사건에 대한 처리를 누구에게 일임할 것인가, 그리고 정무련에게 무엇을 요구할 것인가 등에 대해 논의하기로 합시다. 그럼 먼저 장례에 대한 것부터 시작하겠소."

회의는 빠르게 진행되기 시작했다.

하지만 회의가 계속되는 동안 유달은 꿔다 놓은 보릿자루마냥 입 다물고 앉아 있어야만 했다.

아무도 그에게 발언권을 주지 않았기 때문이다.

유달은 그가 소집한 국주회의에서 그렇게 부들부들 떨면서 그 치욕을 감내해야만 했다.

'내가… 내가 누군가! 화산파의 정식 기명제자요, 수라방 방장의 유일한 적자이자, 청사군의 군장 아수라 유달이다. 내가, 내가 이 수모를 잊을 줄 알았더냐? 너, 너, 너, 그리고 너, 너희들 모두, 내가 이 일을 잊지 않으리라.'

유달은 피가 안 통해서 하얗게 변하도록 주먹을 움켜쥐고 있었다.

第五十九章

그래도 고마워요

사건 발생 후,
이십이 일.

전노군 유장한과 후영한조 정운이 살해되었다는 이야기는 이단에게 청천벽력과도 같은 소식이었다.

완전 잔치 분위기였던 홍주산 일대의 정무련 주둔지가 초상집으로 바뀌는 것은 순식간이었다. 특히 청사군이 그 자리에 있으니 무거운 분위기는 이루 말로 형용할 수가 없었다.

"낭왕."

더 볼 것도 없이 선규는 이단을 찾았다.

"당장 돌아가야 합니다."

이단은 고개를 치켜들었다.

"과연 그게 옳게만 보일까?"

이단의 한마디를 선규는 물론 다른 청사군의 무인들은 이해할 수가 없었다.

"그곳은 여러 형제들의 고향이니까 당연히 돌아가야겠지. 하지만 나는 분명히 수라방의 외무사. 지금 내가 돌아가면 그게 어떤 모습으로 보일까? 행여 주인 없는 집이라고 냉큼 들어와 앉으려는 도둑놈처럼 생각되지 않을까?"

"누가 감히 그런 생각을……."

말을 하던 선규는 입을 다물었다.

있었다, 그런 생각을 할 만한 사람이! 유달이다.

"하지만 낭왕, 어떤 게 대(大)이고 어떤 게 소(小)인지 그것을 한번 생각해 봐야 하지 않아요?"

차가람이 조곤조곤한 어조로 말했다.

이단은 차가람의 말에 묵묵히 고개를 끄덕였다.

맞는 말이다.

부모로부터 버림받은 이단을 거두어들인 사람이 유장한이고, 이단에게 무공을 전수한 사람이 정운이다.

둘 중 하나만 죽었어도 당장에 성도로 달려갈 일이다. 하지만 지금은 둘 다 죽어서 문제다.

"낭왕, 그래도 가셔야 하오. 지금 수라방은 중심이 없는 상태! 방장 전노군께서 혼자 모든 일을 다 하시던 터라 수라방에 방장과 국주회의, 그리고 청사군 말고 무엇이 더 있소? 아무것도 없소. 뒤에서 조용히 의견 조율을 해주고, 방장의 의

중을 표현하던 후영한조 역시 공식적인 자리가 없던 분. 그 와중에 방의 큰 어른 두 분이 모두 돌아가셨으니 수라방을 누가 지키겠소?"

"없으면 그만이야."

그때 멀리 떨어진 곳에서 얼음장처럼 차가운 목소리가 들려왔다.

사람들의 시선이 일제히 소리가 난 방향으로 돌아갔다.

설아다.

"태초부터 수라방이라는 게 있었던 것도 아니잖아요. 고작 오 년이야. 그게 만들어진 세월이 그것밖에 안 된다고. 이전에도 그런 것 없이 잘살았고, 지금도 그것 없이 잘들 지낼 수 있어요. 다시 수라방이 없던 때로 돌아가면 그만이라고요."

설아의 한마디에 이단은 자리에서 일어났다.

"간다. 성도로."

이단은 한번 결정을 내리면 행동은 빨랐다.

"선규, 내가 먼저 가겠소. 다 같이 움직이면 늦을 수밖에 없으니까. 가람, 함께 못 갈 것 같아."

"나는 신농계로 가려고요. 그렇지 않아도 당신을 만나지 않았다면 여기가 아니라 그곳으로 가고 있었을 거예요. 거기 가면 분명히 할 일이 있을 테니까."

이단은 고개를 끄덕였다.

"일이 끝나는 대로 그리 찾아가리다. 해석!"

"알아요, 알아. 주왕이랑 같이 신농계까지 가달라는 소리지요?"

이단은 다시 고개를 끄덕였다.

"알아주니 고맙네. 혜민."

혜민은 뾰로통해져서는 등을 돌리고 앉아 있었다.

"네가 가고 싶은 곳 어디를 가든 좋다. 하지만 지금은 나는 너와 함께 갈 수 없어."

이단은 여전히 냉랭한 어조로 혜민에게 말했다.

"흥! 누가 생각이라도 하는 줄 알고."

혜민은 뜬금없이 옆에 있던 사람의 팔짱을 끼고 섰다.

"난 이 사람이랑 같이 갈 거니까 신경 꺼요."

사람들은 의외의 사람을 혜민이 선택한 것에 다들 당황했다. 혜민이 팔짱을 낀 사람은 해석이 아니라 청성파 고적의 동생 고창이었다.

이단은 말없이 시선을 다른 곳으로 돌렸다. 남은 것은 설아와 고적, 고창뿐이다.

청성파에서 온 고적이나 고창을 굳이 이단이 신경 쓸 이유가 없었다. 이단은 그저 묵례로 인사를 다했다.

마지막으로 이단은 설아에게 다가갔다.

"간다."

"나는 못 가요. 나는 죽었다 깨어나도 그 속도를 쫓아갈 수 없으니까."

이단이 낮은 목소리로 속삭였다.

"그런데……."

이단은 행여 다시 발작을 일으키면 어떻게 해야 하나 묻고 싶었다. 하지만 이단의 말은 거기에서 끊겼다. 벌써 설아가 이단의 생각을 읽었기 때문이다.

설아는 환하게 웃어 보였다.

"그럴 리 없어요. 당신은 가사몽습지혜를 통해 그 문제점을 보았을 거예요. 그래서 그 단계까지 가기 전에 먼저 사단을 미연에 방지하겠지요."

"하지만 설아."

이단은 가사몽습지혜를 통해 깨달았다는 것을 이단은 하나도 기억하지 못한다고 말하고 싶었다.

"괜찮아요. 당신의 육체를 경험하지 못했기 때문에 기억을 못하는 것이고, 당신의 영은 그것을 기억하고 있어요. 때가 되면 이제 정신도 기억할 테니까."

이단은 고개를 끄덕였다.

"이제 끊어지겠군."

설아가 눈을 크게 떴다.

"알고 있었어요?"

이단이 슬쩍 미소를 지어 보였다.

"어렴풋이!"

설아가 미간 사이에 살짝 주름을 잡았다.

"능구렁이!"

이단은 사람들을 둘러보았다.

"성도에서 뵙시다."

그 말을 끝으로 이단은 신형을 날렸다. 바람 소리만 그가
사라졌다는 것을 알려주었다.

이단이 현장을 뜨고, 사람들은 흩어졌다.

청사군은 대오를 정리해서 내일 성도로 출발하기로 했다.
청사군이 출발할 때 차가람도 같이 신농계로 향하기로 했고.
해석은 차가람을 따라가고⋯⋯.

남은 것은 그럼 청성파의 두 고씨 형제와 혜민이다.

고적은 슬쩍 설아를 바라보았다.

그녀가 어떻게 할 것인지를 몰라서다.

"우린 어디로 가요?"

혜민은 퉁퉁 부은 얼굴로 고창에게 물었다.

입이 함지박만 하게 벌어졌던 고창은 그 순간 고적의 눈치
를 살폈다. 고적이 가는 대로 고창은 따라가야 한다. 그런데
고적이 어디로 갈지 그도 모르고 있었으니⋯⋯.

혜민과 해석의 눈길이 마주쳤다.

해석은 뭔가 말을 하려고 멈칫거리다가 이내 한숨만 길게
내쉬고는 안으로 들어갔다.

"바부탱이."

혜민은 땅을 발로 걷어차며 중얼거렸다.

뒤에 남은 차가람이 설아에게 다가갔다.

"고마워요."

설아는 싸늘한 어조로 말했다.

"착각하지 말아요. 당신을 위해서 이단을 성도로 보낸 것이 아니니까. 나는 단지 이단이 당신과 같이 있는 게 싫어서 성도로 보냈을 뿐이에요."

차가람은 고개를 끄덕였다.

"알아요. 그래도 고마워요."

설아는 눈을 돌렸다.

"흥!"

차가람은 그런 설아에게 한 번 더 고개를 까닥거린 후 자기 방으로 들어갔다.

이제 정말로 실내에는 설아와 고씨 형제, 그리고 혜민만 남았다.

고적은 용기를 내어 설아에게 다가갔다.

"설아 소저, 눈이 없어서 불편하면 내가 소저의 눈이 되어 드리리까?"

설아는 고개를 흔들었다.

"안 불편해요. 이미 눈을 구했으니까."

고적은 깜짝 놀랐다. 이단이 떠난 것은 좀 전이었는데, 설아가 누구와 계약을 하는 것을 못 보았다.

"눈을 구했다니… 누구에게 빌렸단 말이오?"

설아는 바닥에 쭈그리고 앉았다. 그러자 어디선가 쥐 한 마리가 쏜살같이 설아를 향해 달려왔다.

"이단과 계약이 깨지는 순간에 이 친구랑 계약했어요."

설아는 손바닥 위에 쥐를 올려놓고 쓰다듬었다.

건물 들보 위에 앉아 있던 매가 삐이이— 하고 울음을 토했다.

"목아가 구해다 주었지요. 그럼 이 친구 이름은… 쥐니까, 안서(眼鼠)라고 해야겠다."

고적은 기운이 빠졌다.

순간적으로 이단으로부터 떨어진 설아와 가까워질 수 있으리라 생각을 했는데 또 그게 그렇지 못했다.

"소저는 어디로 갈 생각이시오?"

고적은 조심스럽게 물었다.

"성도!"

"성도? 왜요?"

"왜긴요. 이단이 있으니까지."

설아의 말에 고적은 할 말을 잃었다.

이단이 차가람을 선택했음에도, 이단이 설아와 계약을 끊었음에도 설아는 이단을 쫓아간다고 한다.

고적은 그런 설아를 이해를 할 수가 없었다.

"형 고씨님은 어디로 가실 생각이세요?"

"아, 나도 성도로 갈 생각이오."

"왜요?"

"음… 그래요. 거기 이단이 있으니까. 우리 형제는 사부의 명으로 그의 무공의 근원을 확인해 봐야 하오."

"그렇군요. 알았어요."

설아는 콧노래를 흥얼거리며 안으로 향했다.

그러던 설아가 뒤를 돌아보고 말했다.

"그리고 굳이 이해할 필요 없어요. 그런 게 바로 사랑이니까."

순간 고적은 얼굴이 벌게졌다.

어찌 된 것인지 자신의 생각이 설아에게 읽혀졌다.

하지만 고적은 화가 나지는 않았다. 오히려 설아가 그의 사고를 읽었다는 사실에서 그녀에게 한발 더 다가섰다고 생각이 들었다.

"창! 들어가자."

고적이 먼저 들어갔다. 이제 정말로 고창과 혜민만 남았다.

고창이 자신있게 말했다.

"우린 성도로 갈 거요. 그다음에는 도강언으로, 우리 청성파로 갈 거요. 청성산에 가보았소? 도교 성지 중에 한 곳인데, 거기 가보면 정말 영험한 명산이라는 것을 알 수 있을 거요."

혜민은 그의 말을 듣고 있지 않았다. 그저 멍하니 문밖을 바라보고 있었다.

순간 고창은 자기 말이 잘못되었다는 것을 깨달았다.

청성산에서 그들 사형제가 산을 내려온 이유가 누구 때문인가? 바로 혜민 때문이다. 청성산에 참배 오던 신도들을 괴롭히던 도강자돈을 처단하라는 명령을 받고 그들은 내려왔고, 도강자돈의 끄나풀이라는 정보에 그들을 쫓다가 여기 아미산까지 왔었다.

그런데 혜민이 청성산에 못 가봤다고? 말이 안 된다는 것을 고창은 이제야 깨달았다. 그러고 보니 고창은 혜민에 대해 알고 있는 것이 전혀 없었다.

*   *   *

아미파의 지이 사니는 밤중에 파사 사미니를 찾았다.

평생을 아미산에서 일절 사태를 모시며 살아온 사람이 바로 지이 사니다. 일절 사태를 어머니처럼 모셨고, 일절 사태는 지이 사니를 친딸처럼 아꼈다.

하지만 지이 사니는 일절 사태로부터 파사 사미니에 대해서 일절 들어본 기억이 없었다. 그럼 그것은 곧 파사 사미니와 관계된 일은 다른 곳에 일절 비밀로 해야 한다는 뜻일 것이다, 친딸과도 같은 제자에게도 비밀로 해야 하는.

그런데 일절 사태가 이 사건의 해결을 돕기 위해 파사 사미니를 내려보냈다고? 일절 사태는 이 사건 해결에 파사가 큰 힘이 될 것이라는 것을 어떻게 알았을까?

곧 이 사건의 연장선상에 파사 사미니가 있다는 이야기다.

그리고 파사는 단 하루 사이에 그녀가 가진 능력을 사람들에게 보여주었다.

누구보다도 두 마두와 그들의 무공에 대한 해박한 지식을 자랑했고, 그들이 놓치고 있던 사건의 핵심을 찾아내고 있었다.

그렇다면 결론은 하나다.

파사 사미니의 출신 성분은 이쪽 불가나 정파 쪽이 아니라는 것이다.

파사 사미니의 정체는 일종의 폭탄과도 같은 존재였다. 그것도 아미산을 통째로 날려 버릴 수 있을 만한.

지이 사니는 파사의 행동반경에 대해서 극도로 긴장하지 않을 수 없었다.

그래서 그것을 논의하기 위해 남들 보는 눈이 없을 때 파사를 찾아야 했다.

"오시리라 생각하고 있었습니다."

지이 사니는 고개를 끄덕였다. 그런 것도 몰랐다면, 일절 사태가 따로 내려보내지도 않았을 것이다.

"앞으로 일정에 행동을 통일시켜야 할 것들이 있는 듯해서 들렀습니다."

파사는 부드럽게 미소를 지으면서 고개를 끄덕였다.

"사실 저도 그 점을 염려했습니다. 행여나 수양이 부족한 저 때문에 아미산이 분란을 겪게 되지는 않을까 해서 말입니다. 다행히도 장문 사태께서는 홍초니께서 알아서 잘 해결할 것이라고 하시더군요."

이미 그것까지 알고 있었다니 다행이었다. 지이 사니는 말을 나누기가 편하리라고 생각이 되었다.

"매련아."

그래서 대기하고 있던 사미니를 불렀다.

중년의 미부, 지금은 승복을 입었으되, 파사처럼 머리를 깎지 않은 사미니가 들어왔다. 매련이다.

"파사 사미니께서는 불가에 귀의하신 지 얼마나 되시는지요?"

"꽉 채운 사 년 정도 됩니다만……."

지이 사니는 고개를 끄덕였다.

"인사드려라, 매련아. 너에게는 사저가 되시는구나."

매련은 고개를 숙였다.

지이 사니는 파사의 보호와 감시를 위해 그녀에게 매련을 붙여놓기로 정했다.

생각이 깊고 아미파 내에서도 비중이 있는 매련이었으니 많은 도움이 되리라 싶었다.

지이 사니는 이것으로 큰 시름을 덜 수 있었다.

　　　　*　　　　*　　　　*

　늑대는 양 떼 곁을 떠나지 않는 법이다.

　언제라도 필요한 때면 바로 먹이를 취할 수 있기 때문이다.
늑대뿐만 아니라 대부분의 맹수들이 그랬다. 언제나 자신의
행동반경 안에서 선호하는 먹잇감들을 순위를 정해놓고 취사
선택을 할 뿐이다.

　지금의 동파가 그랬다.

　비구니들이 모두 한자리에 모여 있는데, 굳이 그곳을 떠나
서 먼 곳에서 먹잇감을 찾을 필요가 없었다.

　게다가 비구니라는 것이 의외로 맛이 좋았다.

　수년 동안 무공을 닦아서 내공도 정순한데다가, 육식을 금
하기 때문에 정기도 성분이 순수했다. 게다가 상당수의 비구
니들이 순음지기를 고스란히 간직하고 있었다.

　바른 정기를 채정하니 부상에서 회복하는 정도도 빨랐다.
처음에는 과다 출혈로 죽을 것 같던 상처가 어느새 많이 아물
어서 이제는 새살이 돋고 있었다.

　의외로 빠른 회복이다.

　이것이야말로 일거양득, 일타삼피였다.

　그런데 문제는…….

　늑대들의 기습을 많이 받다 보면 양들도 나름 생존법을 터

득한다는 것이다. 동글게 무리를 져서는 파고들 틈을 주지 않는다.

하지만 그런다고 물러나면 맹수가 아니다. 동파는 비구니들이 아미산의 어느 절간을 찾아들어 가고, 거기에 다 들어가지 못하니까 절간 마당에 숙소를 만들고 밥을 짓고 하는 모습을 바라보며 눈을 빛냈다. 그렇게 때를 기다렸다.

그렇게 하룻밤을 완전히 새우려는 찰나, 드디어 먹잇감이 하나 밖으로 나왔다. 젊은 사미니다. 손에 풀 띠를 들고 있는 것을 보니 새벽에 모방이라도 가려나 보다.

좋은 일이다.

아무 생각 없이 때를 기다리고 있다가 적당히 사미니가 절간에서 멀어졌다고 생각할 때쯤 냅다 튀어나갔다. 그리고 사미니를 덮쳤다.

사미니가 비명을 지르지 못하도록 입을 막고 옆구리에 끼고는 다시 신형을 솟구치기 시작했다.

바로 그때, 줄이 끊어졌다.

사미니가 들고 있던 풀 띠, 즉 새끼줄이다.

"애기 보살아!"

당장에 절간에 여기저기 문이 열리고, 고함 소리가 울려 퍼졌다.

들켰다.

"에잇, 썅!"

동파는 욕을 해대며 옆구리에 끼고 있던 사미니를 냅다 집어 던졌다.

픽! 소리가 났지만, 그따위 것은 신경 쓰지도 않았다. 우선은 달아나는 게 중요하다. 몸이라도 상태가 온전하면 한번 힘겨루기라도 할 텐데, 지금은 몸조리를 잘해야 할 때다. 그래서 아무 생각 않고 냅다 내달렸다.

그런 동파 앞을 가로막는 사람이 있었다.

벽안에 금발을 한 늙은 사미니다.

"이건 또 어디서 굴러먹다 날아온 개뼈……."

동파는 더 이상 다른 소리를 못했다.

"끄어허어어……."

호흡이 끊겼기 때문이다.

벽안의 사미니 파사가 내지른 정권은 동파로서는 피하려 해도 피할 수가 없었다. 게다가 그 주먹은 그냥 주먹이 아니라 돌주먹이었다. 돌주먹이라고? 동파의 호신강기를 뚫고 들어올 정도의 주먹이라면 당연히 돌주먹이 아닌가!

"반쪽짜리로구나. 누구한테서 배웠느냐?"

파사는 물었다.

"이런 쌍, 배우기는 누구한테… 꺼흐으으으."

다시 한 번 벽안의 사미니의 정권이 박혔다. 이번 주먹은 좀 전보다 더 셌다. 무서웠다. 주먹이 그의 뱃속으로 들어와서 몸 안의 장기를 온통 휘젓는 것 같았다. 동파는 다리가 후

들거려서 제대로 서 있을 수가 없었다.

파사 사미니가 한 걸음 물러나자, 동파는 그 자리에 주저앉았다. 쉼없이 이어지던 진기가 그녀의 주먹질 두 번에 절단났다.

파사 사미니의 뒤로 지이 사니가 모습을 드러냈다.

"묶어라."

동파는 힘 한 번 제대로 펼쳐 보지도 못하고 비구니들에게 억류되었다.

*　　　*　　　*

새벽녘에 홍주산 객잔을 가장 먼저 빠져나간 사람은 차가람과 해석이었다.

그런데 그런 해석의 앞을 혜민이 가로막고 섰다.

"왜?"

해석은 퉁명스럽게 물었다.

"가는 거야?"

혜민도 퉁퉁거리며 물었다.

"그래."

해석은 여전히 볼멘소리로 답했고.

"가라, 가."

혜민은 자기랑 상관없는 사람이라고 몸을 돌렸다.

그제야 해석은 혜민이 품에 봇짐을 안고 있다는 것을 깨달았다. 혜민도 어디로 갈 것이다.

"그럼 너도… 잘 가."

"잘 가거나 말거나!"

여전히 혜민은 쏘는 목소리로 소리를 질렀다.

"쳇."

해석은 혀를 차면서 몸을 돌렸다.

그런 해석과 혜민을 차가람은 미소 지으면서 바라보았다. 차가람이 걸음을 옮기자 해석이 그녀 뒤를 따라왔다.

차가람은 일부러 걸음을 천천히 옮겼지만, 풀이 죽은 해석은 그것을 미처 깨닫지 못하고 있었다.

"아세요? 여자는 말이지요……."

정 안되겠는지 차가람이 입을 열었다.

"때로는 자기를 남자가 잡아주기를 바란답니다."

차가람의 말에 해석은 정신이 번쩍 들었다.

뒤를 돌아보았다.

아직 그 자리에 혜민이 있었다. 가슴에는 보따리를 하나 안은 채로 말이다.

"그리고 한번 잡으려 했다가 못 잡으면 그때 한 번만 후회하지만, 잡으려 시도도 안 하면 평생을 후회한답니다."

"주왕, 잠시만 기다려 주세요. 내 금방 갔다 올게요."

해석은 뒤로 냅다 내달렸다.

차가람은 빙긋이 웃으면서 그 자리를 지키고 섰다.

해석이 혜민 앞에 섰다. 혜민이 해석을 때리기 시작했다. 해석은 제대로 변명도 못하면서 맞기만 했고, 결국 해석은 혜민을 끌어안고 토닥이며 그녀를 달래기 시작했다.

그 모든 과정을 차가람은 바라보면서 웃기만 했다.

곧 이단이 돌아오면 그녀는 그에게 무슨 어리광을 부려볼까 하는 생각에 상상만으로도 즐거웠다.

고창은 짐을 챙겼다.

그리고 밖에 나가서 혜민을 기다렸다.

곧 고적과 설아가 나올 것이고, 그럼 그때 다 같이 성도로 떠나면 된다.

그렇게 기다리는데, 혜민은 아무리 기다려도 안 나왔다. 이제는 마음이 급해졌다. 행여 혜민이 늦잠이라도 자는 것은 아닐까? 걱정이 되었다. 혹시 그럼 가서 깨워야 하지 않나? 잠시 후 고적이 나오고, 또 조금 더 있으니까 설아가 나왔다. 그래도 아직도 혜민은 안 나왔다.

"잠시만요. 잠깐……. 아직 다 안 나왔습니다."

고창은 마음이 급했다.

그즈음 선규가 나왔다.

이제 조금 있으면 청사군도 출발할 것이다. 청사군이나 청성파는 최종 목적지가 다르니 서로 다른 길로 가기로 했다.

굳이 같이 가야 할 이유가 없으니까 말이다.

　여전히 사천사패와 정파 사문의 관계는 원활하지 않았으니, 일부러 어색한 관계를 피곤하게 지속할 이유는 없었다.

　"혜민 소저를 기다리오?"

　선규가 고창에게 말했다.

　"기다려도 안 나올 거요."

　고창은 눈이 동그래졌다.

　"왜요? 어디 아프답니까?"

　선규는 고창이 참 안타깝다고 생각했다. 이 정도 말하면 알아들을 만한데 말이다.

　그래서 직설적으로 이야기해 줘야겠다고 생각했다.

　"이른 새벽에 주왕을 따라나섰소."

　"주왕을요? 왜요?"

　얼마나 답답한지 설아가 상황을 상세하게 묘사해 주기 시작했다.

　"처음에는요, 먼저 혜민이 짐을 다 싸놓고 그 두 사람을 기다렸어요. 그러다가 차가람이랑 해석이 나왔죠. 그때까지만 해도 해석이랑 혜민은 서로 작별 인사를 했어요. 그리고 헤어질 줄 알았는데, 차가람이 못됐죠. 그녀가 해석에게 뭐라 뭐라 막 말을 했어요. 그러니까 해석이 갑자기 돌아서서 혜민에게 달려왔어요. 혜민은 막 해석을 때렸고, 해석은 계속 뭐라 뭐라 뭐라……. 혜민이 갑자기 울기 시작하는 거예요. 해석은 그런 그녀를 등을 쓰다듬으면서 다시 달랬고. 그리고 끝. 세 사람은 행복하게 잘 떠났답니다."

고창은 멍하니 설아의 말을 듣고만 있었다.

처음에는 무슨 말인지 못 알아들었지만 이제는 정확히 알아차렸다.

자신이 당했다. 처음부터 혜민은 해석을 마음속에 품고 있었다. 하지만 해석이 워낙 목석이다 보니까 그것을 알아차리지 못했고, 그래서 혜민은 고창을 쫓아간다고 했던 것이다.

결국 처음부터 끝까지 고창은 도구였을 뿐이다.

퍼헉!

고적이 고창의 뒤통수를 때렸다.

"사내자식이 고작 그것 하나 가지고 멍하니 있냐!"

고창은 정신을 차렸다.

"누가 뭐라고 했다 그래요? 참나……."

말은 그렇게 했지만 입이 썼다.

"설아 소저, 설아 소저는 처음부터 끝까지 그것을 다 보고 있으셨소?"

설아는 나무 위의 매를 가리켰다.

"내가 본 게 아니고요, 저 목아가 봤어요."

그제야 선규는 설아가 말안장에 쥐 한 마리를 얹어놓고 있는 것을 보았다.

"이 친구는 안서랍니다. 안서, 인사드려."

쥐가 코를 킁킁거린다.

선규는 설아가 의외로 활기차다는 생각이 들었다.

다행이었다.

이단과 헤어졌으면 그만큼 기운도 없을 줄 알았는데, 아니
다.

"자, 그럼 우리도 이제 출발해요."

설아의 말에 고적과 고창 형제도 움직이기 시작했다. 이제
출발이다. 설아는 말에 올랐다. 아니, 오르려고 했다. 한데 등
자에 발을 올리지 못하고 앞으로 자빠졌다.

순간 고창은 그 모습을 보고 웃었지만, 그 외에는 아무도
웃고 있는 사람이 없었다.

설아로서는 있을 수 없는 실수였다.

그제야 선규는 알았다.

설아도 지금 상당히 충격을 받고 있다는 것을 말이다.

설아가 출발했다. 바로 고씨 형제가 그녀를 호위하듯이 따
라붙었고.

"이제 우리도 출발할 때로군."

선규가 청사군의 동료들을 둘러보았다.

"저기, 장일(長一)이 어제 음식이 잘못되었는지 아직 몸을
못 가눕니다."

선규는 버럭 화를 냈다.

"여기 어디 상처 없는 사람 있어? 낭왕이나 주왕이나 설아 소저나 청성파의 형제들이나… 멀쩡한 사람 있으면 나와보라고 그래!"

청성파도 떠나가고 그로부터 한 식경 정도 후에 이번에는 청사군이 출발했다.

"다 떠났소."

밖을 내다보던 실명객이 말했다.

"그렇군요."

당방현이 힘없이 대답했다.

"우리도 돌아가야지요."

당방혼이 목에 힘을 주고 말했다.

"어디로 가실 거요?"

"성도로!"

실명객은 고개를 끄덕였다.

"거기까지 안내해 드리리다."

당방현은 억지로 당방혼에게 웃어 보였다.

고마웠다. 여기까지 그녀를 지키기 위해 쫓아온 오라버니가 무엇보다도 감사했다.

"오라버니, 내가 말했나?"

"뭘?"

"고맙다고."

"말했어."

"아, 그건 나를 치료해 줘서 고맙다는 것이고. 고마워."

"이번에는 또 뭐?"

"항상 내 곁을 지켜줘서."

第六十章
방향만 잡아주면 돼?

狼王

유달은 느긋한 걸음으로 정무련 안을 돌아다녔다.

아무도 그를 알아보는 사람이 없었다.

변장을 했다거나 또는 사람들 눈에 띄지 않게 숨어서 다니는 것도 아니다.

그냥 느긋하게 사람들 사이를 돌아다니고 있었다.

일부러 어깨를 부딪치거나 그릇을 깨는 등의 주의를 끌 만한 소리를 내지 않으면 아무도 그를 알아보지 못했다.

이곳은 정무련이고, 정무련 안에서는 그를 보고 모른 척할 수는 없는 일이다.

수라방에서는 아무것도 할 것 없는 일개 표사인 유달이지만, 아직 정무련 안에서는 정무련 사공 중에 한 명, 주작공 아수라이기 때문이다.

정무련의 조직은 간단하다. 련주 밑에 삼사, 다시 그 밑에 사공이다. 그 외에는 필요한 때 한시적으로 필요한 사람을 불러다 쓰는 게 전부다.

그러니 수백 명이 먹고 자고 생활하는 정무련 안에서 주작공 아수라 유달의 지위는 상당히 중요한 자리이고, 그런 만큼 그는 사람들로부터 경애를 받을 만했다.

하지만 그를 먼저 알아보고 인사를 하는 사람은 아무도 없었다.

물론 처음에는 잘 안 되었지만, 이제는 완벽하게 구사된다.

그것은 바로 유령환보 때문이었다.

유달의 아버지 전노군 유장한이 유달에게 낭왕 이단의 뒤로 처지지 말라고 주었던 책, 현일육방도에 담겨 있던 보법 유령환보가 이제는 제대로 위력을 발휘하고 있었다.

그렇다고 사람들이 그를 못 보는 것은 아니다.

보고 있는데 의식하지 못하는 거다. 그래서 바로 옆에 가서 그를 부르면 알아본다. 그런데 부르기 전까지는 그가 있다는 것 자체를 인식하지 못하고 있었다.

즐거웠다.

현일육방도의 술법이 제대로 먹히고 있었다.

유령환보를 통해 그 효험을 입증했으니 이제 다음 것을 또

해볼 차례다.

돌아가는 길도 즐거웠다.

아버지 전노군 유장한과 후영한조 정운의 장례 준비로 한창 바쁠 때지만, 지금 유달은 그런 것보다 현일육방도에 담겨 있는 술법의 내용들이 더 궁금했다.

*　　　*　　　*

"낭왕이 돌아왔다고 합니다."

점심나절에 동생 장홍학이 전하는 그 소리를 들은 장홍란은 자리에서 벌떡 일어났다.

분명히 어제는 홍주산에서 아미산 성적사 무승들에게 놀라운 무공을 펼쳐 보였다고 했는데 어느새 성도의 정무련으로 돌아왔단 말인가?

"아아, 지금 막 도착했어요. 그래도 놀랍지 않아요? 어젯밤에서야 후영한조 정운과 전노군의 사망 소식이 전해졌을 텐데, 이건 완전 동에 번쩍, 서에 번쩍이네요."

장홍학은 마치 한 다리 건너 들은 세상사 이야기를 하는 것처럼 너스레를 떨었다.

자리에서 벌떡 일어났던 장홍란은 심호흡을 한 번 하고는 자리에 앉았다.

장홍학은 그 모습을 신기한 듯이 바라보았다.

그녀가 남자 이야기에 대해서 그렇게 흥분하는 모습은 장홍학으로서는 처음 보는 것 같았다.

장홍란은 눈으로 모용정을 찾았다.

장홍학은 알 수 없다는 듯이 휘파람을 불면서 자리를 비켰다. 그런 그를 보고 모용정이 눈을 흘겼다. 놀리지 말라는 뜻이다.

"저도 이야기 들었습니다. 낭왕이 돌아왔다네요. 도착하자마자 바로 시신이 안치되어 있는 장례식장으로 향했답니다. 바른 결정인 거죠. 낭왕이 오니까 장례식장이 제대로 균형을 잡는 것 같더군요. 그전까지는 사군 중 한 사람의 장례식장 같지 않게 을씨년스러웠는데, 지금은 바글바글하다니까요. 사람들도 조문 오기 시작하고, 수수방관만 하던 표국의 국주들도 나서서 일을 하고 있으니까요. 아참! 들었어요? 어제 열린 국주회의에서 국주들이 일개 표사 신분의 아수라는 국주회의에 참가할 자격이 없다고, 아수라가 축출되었다더군요. 그럴 줄 알았어요. 홍주산에서 청성파에 알랑방귀를 뀔 때부터 알아봤다니까요."

모용정은 오랜만에 활기를 찾았다.

"말이야 바른말이지, 제 아비가 죽었다고 냉큼 아비 자리를 차고앉을 생각부터 하니 수라방 내의 어른들인 국주들 눈에 좋게 보일 리가 만무하죠!"

역시 집이 좋은 거다.

며칠 밖에서 노숙을 하고 칼을 휘둘렀다고, 청문궁에 돌아오자마자 기운을 되찾으니까 말이다.

"지금도 어디 갔는지 장례식장에서는 이단이 상주로 문상객을 받고 있다더군요. 정무련 안에 있기는 있는 것 같은데, 그를 봤다는 사람, 못 봤다는 사람, 말이 서로 엇갈린다니까요. 뭐, 아직 장례식이 공식적으로 시작한 것도 아니지만. 그렇더라도 그게 상주로서 할 짓이에요? 아버지 시신을 유가족 하나 없이 홀로 놔두다니요!"

장홍란은 발을 굴렀다.

모용정에게 계속 떠들게 놔두다가는 언제 이야기가 끝이 날지 알 수가 없었다.

"좋아요, 좋아. 그럼 문상은 누가 가실 거예요?"

막상 문상 이야기가 나오자 장홍란은 얼굴을 찡그렸다.

공식석상에 나가기를 꺼리는 사람이 바로 장홍란이다. 딱히 그녀가 자격이 부족한 것도 아닌데, 장홍란은 남들 앞에 나서기를 정말 싫어했다.

장홍란이 동생 장홍학이 여기 와서 좋아하는 일은 그것 한 가지다. 굳이 그녀가 검각을 대표해서 남들 앞에 나설 필요가 없다는 것 말이다.

"그렇게 싫으시면 하는 수 없지요. 삼치검을 부르는 수밖에."

삼치검은 전노군이 장홍학의 세 치 혀가 검처럼 날카롭다

하여 붙여준 별호다. 어찌 들으면 검은 못 쓰고 혀만 놀린다고 들을 수도 있는 놀림성이 짙은 별호인데, 당장 그 이름을 듣는 당사자가 좋아하니 이제는 사천강호에서 장홍학의 별호로 완전히 굳어진 듯했다.

장홍란은 다시 발을 굴렸다.

장홍란의 의외의 반응에 모용정은 눈을 동그랗게 떴다.

"왜요? 직접 가시려고요?"

장홍란은 고개를 끄덕였다.

"그럼 문주의 결정을 삼치검에게 전달해야겠군요. 내심 자기가 검각을 대표해서 문상을 갈 것이라고 좋아하던데……."

모용정은 안타깝다는 듯이 말했다.

무릇 한 조직의 얼굴은 보기 좋아야 한다. 그리고 남들 앞에 나서는 데 거리낌이 없어야 한다.

여기에서 얼굴이 보기 좋아야 한다는 것은 단지 외모나 미모를 이야기하는 것만이 아니다. 성품이나 인간됨, 의젓함이나 신뢰감 모두를 상징한다.

장홍란의 경우 이 두 가지가 다 빠진다.

장홍란은 우선 말을 못한다. 그것 자체가 대표하는 얼굴로서의 일종의 흠결이다.

다음으로 장홍란 자신이 남들 앞에 나서기를 꺼린다.

대표가 사람들 앞에 자주 안 보이니, 사람들은 그 조직이 이번 행사에 참석을 했는지 안 했는지 알 수가 없다.

그런 점에서 장홍란은 검각을 대표하는 사람으로서 실격
이다. 또 그런 점에서 장홍학은 장홍란의 단점을 완벽한 장점
으로 갖고 있었다. 검각의 장로들은 장홍학의 바로 그런 점을
높이 사고 있었다.

장홍란은 다시 발을 굴렀다.

모용정은 그게 무슨 뜻인지 몰라 잠시 뜸을 들였다.

"그럼 두 분이 같이 가실 생각이세요?"

장홍란은 고개를 끄덕였고, 모용정의 장홍란의 의외의 결
정에 당황했다. 잠깐이지만 말이다.

그것은 지금까지는 없었던 파격적인 일이다.

검각 밖에 장홍학이라는 배다른 동생이 있었다는 사실은
세상 사람 아무도 모르던 일이다. 바로 그런 점에서 장홍란은
그의 아버지 장각에게 일종의 배신감을 느끼고 있었고, 그래
서 장홍란은 장홍학을 동생으로 인정하지 않고 있었다.

그런데 오늘은 두 남매가 같이 가잔다.

한 가지에서 나온 두 남매가 공식석상에서 나란히 자리를
하는 것은 이번이 처음인 것 같았다.

모용정은 이 사실을 알리기 위해서 서둘러서 밖으로 나갔
다. 두 사람이나 움직이니 준비할 것이 많았다.

*   *   *

낭왕이 도착했다는 소식에 여일위는 사군회의를 소집했다.

사군회의야 의당 정무련의 련주인 완당군 여상추가 소집해야 하겠지만, 지금은 완당군이 외유 중이다.

그렇다고 사군회의를 열지 않고 그가 돌아오기만을 기다릴 수도 없는 일이다.

무엇보다 전노군이 죽었다.

등패군 장각과 함께 정무련 건설의 주역이요, 사천강호에서 완당군 다음으로—어쩌면 실제로는 그보다 더 영향력이 큰 인물이 살해당했다.

그에 대한 후속 조치를 취해야 했다.

우선 전노군의 장례식을 어느 수준에서 할 것인가 결정해야만 하고, 범인 색출을 누구에게 일임할 것인가 책임자도 정해야 하는 등 해야 할 일이 한두 가지가 아니다.

그래서 여일위는 사군회의를 소집했다.

여일위가 사군회의를 소집한다는 데 대해서 반대하는 사람은 아무도 없었다.

명실공히 여일위는 완당군을 도와 정무련의 일을 집행하는 실력자요, 실제로는 실무자니까 말이다.

여일위는 사군회의에 모인 사람들을 둘러보았다.

명색이 사군회의인데, 막상 모인 사람들 중 사군은 한 사람도 안 보였다.

여상추는 외유 중이라 소패성 여일위가, 전노군이 사망한 수라방에서는 상복을 입은 낭왕 이단이, 그리고 검각에서는 삼치검 장홍학, 마지막으로 신농계에서는 열혈군 명자방 대신에 소백침 명계방이 나왔다.

이래서는 사군회의라고 할 수가 없었다.

하지만 여일위는 제대로 필요한 사람들이 모였다고 생각했다.

이제 세대교체가 이루어지고 있었다. 바로 그 증거가 사군회의에 모인 이 사람들이다. 일 세대 사군들이 죽거나 물러나고, 이제는 이 세대 또는 일점 오 세대가 그 자리를 대신하고 있었다. 세월이 흐르면서 정무련은 새로운 얼굴과 신선한 피로 세대교체를 이루면서 오히려 젊어지고 있었다. 그것은 좋은 일이었다.

여일위는 그 사실에 대한 만족스러움을 감추고 침통한 표정을 지었다. 어쨌거나 오늘의 주제는 전노군과 후영한조의 사망에 대한 장례식과 후속 조치를 위한 모임이니까.

"먼저 삼가 고인의 명복을 빕니다."

여일위는 낭왕을 보자 먼저 인사부터 했다.

"그 이야기는 장례식장에 와서 해주시면 고맙겠습니다."

낭왕은 조심스럽게 인사에 대한 답례를 삼갔다. 여기는 사군회의의 회의장이지, 전노군의 영구가 보존되어 있는 장례식장이 아니니까 말이다.

낭왕의 말에 여일위는 자못 심중한 표정을 지었다.

그의 말이 맞았다.

여일위가 먼저 문상의 인사를 했다면, 나머지 사람들도 그런 인사를 해야만 했을 것이다. 그것은 이 자리에 어울리지가 않았다. 어쨌거나 여기는 사군회의.

"옳은 말씀입니다. 그럼 먼저 사군회의부터 시작하겠습니다. 먼저 첫 번째 안건은 전노군의 장례식을 어느 수준에서 할 것인가 문제입니다. 이 점에 대해서는 저희 병가보에서는 정무련의 련장(聯葬)으로 치렀으면 좋겠다는 생각입니다. 하지만 그에 대하여는 무엇보다 상주인 수라방의 의사가 중요할 터."

여일위의 말에 사람들의 시선이 일제히 낭왕 이단에게 몰렸다. 이단은 이미 생각한 바가 있던 것처럼 망설이지 않고 대답했다.

"당신께서는 말년에 수라방의 현직에서 물러나시고, 정무련의 건설과 정상화에 전력을 다하셨습니다. 그러므로 의당 정무련의 장례식으로 치르는 것이 고인에 대한 예의라고 생각합니다."

낭왕은 미리 이런 주제에 대해 논의할 것을 알고 있던 것처럼 자신의 주장을 신속하고 시의 적절하게 피력했다.

"그럼 이에 대해서는 수라방 뿐만 아니라 사패 모두 동의하신 것으로 알겠습니다. 그럼 다음으로……."

낭왕의 생각을 읽은 여일위도 일사천리로 회의를 진행했다.

주제가 나오면 벌써 결론이 나왔다. 덕분에 회의는 여러 가지 안건이 있음에도 불구하고 신속하게 진행되었다.

"그럼 마지막으로 우리의 모임이 사군회의 자격이 있는지부터 확인을 할 필요성이 있다고 봅니다. 우선 련주이자 병가보의 보주인 완당군께서는 외유 중입니다. 그럼 제가 그의 권한 대행으로 회의를 소집할 수 있는가, 그리고 제가 보주를 대신하여 회의에 참석할 수 있는가, 그리고 마지막으로 여러분이 각 문파의 수장을 대신할 권한이 있는가 하는 문제입니다. 신농계야 관례상 그렇게 되어왔으니 문제가 없다 하겠고, 검각의 경우도 이미 삼치검이 한차례 사군회의에 참석해서 그 대표성을 인정받았으니 이 역시 문제가 될 수 없겠습니다만, 문제는 저와 수라방을 대표한 낭왕 이단의 대표성이 문제입니다."

어찌 보면 사소한 문제일 수도 있지만, 그것은 사실 상당히 본질적인 문제였다.

어쨌거나 낭왕 이단은 수라방 소속도 아니고, 수라방의 외무사다.

낭왕 이단의 대표성은 두 가지로 나뉜다. 하나는 수라방 내에서 그의 대표성을 확보하는 것이고, 다른 하나는 수라방 바깥에서 대표성을 인정받는 문제다.

이단은 빠르게 주위 사람들을 훑었다.

그리고 망설임없이 자리에서 일어났다.

"그것은 장례식장에 와보면 아실 듯합니다."

이단은 더 할 이야기가 없는 사람처럼 밖으로 나갔다.

어찌 보면 화난 듯하지만, 그의 걸음에서 그런 것은 전혀 느껴지지가 않았다.

정작 낭왕 이단이 분노하고 있는 것은 어쩌다가 수라방을 자신이 대표하게 되었는가 하는 점이다.

고인의 적자로 아수라 유달이 있고, 수라방의 대표 조직으로 청사군이 있고, 청사군을 대표해서 부장 선규가 있다. 이 세 사람을 제외하고라도 국주회의와 국주회의에 참석하는 여러 국주들이 있는데, 정작 수라방을 대표하는 사람으로 자신이 불러오고 있었다.

바로 그것이 이단이 이곳으로 오는 데 가장 염려했던 일이다. 그리고 걱정은 꼭 현실로 나타난다고, 이단의 우려는 실제로 일어나고 있었다.

이단이 회의장을 빠져나가자, 정무련의 총관 용비교 시보가 여일위에게 바짝 붙었다.

"어떻습니까?"

여일위는 고개를 흔들었다.

"면도날 하나 들어갈 틈이 없겠더군요."

시보는 여일위와 반대로 고개를 끄덕였다.

"그렇습니다. 바로 완당군이 가장 싫어하는 유형의 인간이지요."

이번에는 여일위도 수긍했다.

"물과 기름이라는 말이군요!"

여일위는 결정했다.

낭왕 이단과 독대를 하기로! 여상추를 견제할 수 있는 중요한 창이 또 하나 마련되었다.

*　　*　　*

두 사람의 장례식장은 당연한 이야기지만 상고각에 마련되었다. 그리고 장례식은 정무련 련장으로 치르기로 했다. 올해 들어 벌써 두 번째 련장이다.

하지만 많은 사람들이 이전 검후의 장례식 때와 차별화됐다는 소리를 했다.

상주부터 달랐다. 전노군의 장례식에서는 제일상주로 아수라 유달이, 그리고 정운의 제일상주로 낭왕이 추대되었고, 수라방에 속한 모든 표국의 국주들이 두 사람의 공동 상주로 베갓을 쓰고 문상객들을 맞았다. 그러니까 상주 숫자만도 수십에 달했다.

그러니 문상객 수도 달라질 수밖에 없었다.

정작 놀라운 것은 낭왕 이단은 장례식장이 차려지고 난 후, 아니, 장례식장이 차려지기 전부터 식장을 한시도 떠나지 않고 문상객들을 맞이하며 상주로서의 책무를 다하건만, 한번 나간 유달은 어찌 된 것인지 그 뒤로는 모습이 보이지가 않았다.

더욱 아쉬운 것은 아무도 유달을 찾지 않는다는 사실이었다.

장례식장이 펼쳐지고 얼마 안 있어, 여일위가 문상을 왔다. 여일위는 가까이 유달이 없다는 것을 확인하고 말했다.

"할 이야기가 있으니 시간 나면 들러주게."

잠시 후에는 모기장에서 유리촉수 모택근이 왔다.

사람들은 이단이 모택근과 이미 안면이 있는 정도가 아니라, 모택근이 필요한 것이 있으면 언제라도 도울 것이니 말하라며 진심으로 이단을 위로하고 갔다는 사실에 놀라지 않을 수 없었다.

모택근으로 말할 것 같으면, 사천에서 가장 큰손이다. 그의 땅을 밟지 않고서는 사천을 들어오거나 나갈 수 없다고 할 정도의 부자다.

모택근은 혼자 오지 않았다.

마침 모기장의 손님으로 와 있는 사천당가의 가주 당초석과 장로 당파추와 함께 왔다.

그때, 사람들은 사천당가와 이단 사이에 안면이 있다는 것을 확인했다. 특히 천하의 당파추가 이단에게 민산에서 섭섭하게 군 점에 대해 미안함을 표시하기까지 했다.

또 개방에서도 손님이 왔다. 놀랍게도 보령현의 당주가 직접 온 것이다.

"애가 말이 트였다며?"

장판지는 그런 말로 너스레를 떨었다.

"오히려 제가 도움을 많이 받았지요."

표국 국주들은 이단을 다시 봤다.

표국을 운영하는 데 가장 큰 밑천은 실력이 아니라 인맥이다.

혼자서 모든 표국의 업무—표행을 다 할 수는 없는 법이다. 표국이 크면 클수록 표물은 많아질 것이고, 표물이 증가할수록 본인이 직접 나갈 수 있는 표행은 그 비율이 낮아질 수밖에 없다. 결국 표국의 운영에서 가장 중요한 것은 표국 대표자의 무공 실력이 아니라 그의 인맥이다.

아는 사람이 많으면 그만큼 유리하다. 얼굴을 봐서라도 한 번 더 물건에 신경을 써주게 되고, 여기저기 한 발을 걸치고 있으면 함부로 그의 물건에 손을 대지 않는다.

그런 점에서 오랜 기간 수라방의 외무사로 활동한 이단은 직접 현장을 돌아다닌 덕분에 의외로 폭넓은 인맥을 보여주었다.

표국 국주들, 그리고 표두들과 중요 표사들은 이단의 그런 점을 높이 샀다.

가장 의외의 문상객은 자신이 누군지 밝히지 않은 은발과 벽안에 애꾸눈의 인물이었다.

"사람들이 하도 낭왕 이단 운운해서 어떤 사람인가 궁금했는데, 바로 자네로군!"

세상 사람들은 아무도 그를 알아보지 못하고 있었는데, 이단만은 그를 알아보았다.

이단은 말없이 눈빛만 빛냈다.

적의에 가득 찬 눈빛이다.

벽안의 백인은 이단을 위아래로 훑어보았다.

"많이 컸군."

"신경 써준 덕분에!"

이단의 한마디에 벽안의 백인은 싱긋 웃어 보이는 여유까지 보였다.

"나랑 계산할 일이 있겠지? 언제라도 찾아오게!"

"당연!"

이단은 짧게 대답했다.

벽안의 백인은 만족스런 미소를 남기고 자리를 떴고, 사람들은 이단에게 그가 누군가를 물었다.

하지만 이단은 묵묵부답으로 일관했다.

다시 검각에서 장홍란, 장홍학 형제가 문상을 왔다. 장홍학이야 당연히 올 사람이지만, 공식석상에 모습을 보이기를 꺼리는 장홍란은 의외였다.

사람들은 장홍란이 왔다는 사실에 수군거렸고.

장홍란은 물끄러미 이단을 바라보았다. 그리고 그것이 장홍란의 진심이라는 것을 사람들은 알 수 있었다. 그녀는 말없이 이단을 위로하고 있었다.

문상객의 수는 계속 늘어나고 있었다.

*   *   *

유달은 장례식장 밖을 서성거렸다.

장례식장이 마련되고, 사람들이 문상을 오고, 표국의 국주들이 상주로 자리를 하고, 국주를 따라 표국 사람들이 와서 봉사를 하고, 수많은 사천강호의 명망가들이 왔다 가고, 그 모든 일을 장례식장 밖에서 보고 있었다.

하지만 아무도 유달에게 신경 쓰는 사람이 없었다.

아니, 유달의 존재조차 깨닫지 못하고 있었다.

유달은 히죽거렸다.

"완벽해, 완벽해."

유달은 즐거웠다.

현일육방도의 유령환보가 이 모든 조화를 만들어내고 있었다. 그리고 유달은 그렇게 혼자서 세상 사람들을 희롱하며 즐거워하고 있었다.

"여어, 여기 또 재미있는 사람이 하나 있군."

그런데 처음 보는 사람이 유달에게 말을 건네는 순간, 유달은 깜짝 놀랐다. 말을 건넨다는 사실은 그를 의식한다는 것이고, 곧 유달의 유령환보를 파훼한다는 뜻이다.

벽안에 은발이다.

"이제는 그 절기가 세상에서 사라진 줄 알았는데……."

벽안의 은발은 유달을 위아래로 훑어보았다.

"하지만 사이비로군."

유달은 유령환보가 깨졌다는 사실에 멍하니 그의 말을 듣고만 있었다.

"그럼 또 보세에. 궁금한 것이 있으면 나를 찾아오고."

벽안에 은발은 유달의 어깨를 한 번 두들긴 후 그곳을 빠져나갔다.

그제야 유달은 볼 수 있었다.

십여 명의 무사들이 밖에서 벽안의 은발을 기다리고 있다가 그를 맞아들이는 것을 말이다.

그들이 완전히 사라진 후에야 유달은 정신을 차렸다.

그리고 그들이 누구인지 짐작이 갔다. 어떻게 그가 유령환보를 파훼할 수 있었는지, 그리고 어떻게 그를 알아볼 수 있었는지, 그것을 통해서 그가 어디에서 온 자인지까지도 알아차렸다.

유달은 장례식장으로 뛰어들었다.

"이단, 이단, 지금 누가 왔다 갔는지 알아?"

소리치던 유달은 일제히 그에게 쏠리는 사람들의 시선이 결코 곱지 않다는 것을 깨달았다.

그러고 보니 그는 아직 상복으로 갈아입지도 않고 있었다.

명색이 유일한 유가족이요, 상주인데도 유달은 다른 데 정신이 팔려 있었던 것이다.

어느새 유달의 얼굴을 벌게졌다.

'지금 뭐가 중요하고, 이 순간에 무슨 일이 있는지도 모르는 것들.'

유달은 그렇게 세상 사람들을 마음속으로 조롱하며 그 자리를 빠져나왔다.

어쨌거나 그는 상주였고.

'한시가 급한데……'

유달은 아쉬운 마음으로 현일육방도에 대한 생각을 접었다.

이제는 제 역할을 할 때다. 보다 중요한 현일육방도를 해석하는 것은 잠시 뒤로 미뤄야 했다.

$$*\qquad*\qquad*$$

신농계에 들어선 차가람은 많은 사람들로부터 환영을 받았다. 어서 오라고, 신농계의 형제들은 차가람을 가족으로 반겼다.

차가람은 오랜만에 사람 사는 즐거움을 느꼈다.

생각지도 못한 곳에서 그녀는 그녀를 걱정해 주는 사람들을 만날 수 있었다.

신농계는 의생들의 집단, 그래서 많은 의생들이 저마다 병원을 열고 환자들을 맞이하고 있었다.

그런 상황에서 실력있고 이름있는 사람이 힘을 보태준다면 그만큼 큰 힘이 되어줄 것이다.

"주왕, 그럼 다시 돌아온 거야?"

안면이 있는 여자 의생이 차가람에게 물었다.

"글쎄요. 돌아오기는 했지만, 다시 계주에게 갈 생각은 아닙니다."

차가람의 말에 의생은 고개를 끄덕였다.

"어쨌거나 요즘 사람들이 많이 불안해하고 있는데, 잘 왔어. 형제들에게 많은 위안이 될 거야."

의생의 말에 차가람은 빙긋이 미소로 답했다.

그녀를 환영하는 곳, 그녀를 원하는 곳이 세상에는 있었다. 그녀에게 가족과도 같은 곳이 말이다.

차가람은 주위를 둘러보았다.

이단을 만나고, 한층 마음이 진정되었다.

율갑혼정기의 발작도 없어졌다.

광마가 말하던 마음공부라는 것이 무엇인지 대충 짐작이 갔다. 편안한 마음, 심리적인 안정 상태가 율갑혼정기에도 안정을 가져온다.

마음이 흔들리면 기운도 흔들린다. 그래서 불안한 기운은 다른 방향으로 쌓인 피로를 풀도록 한다.

다시는 못 만날 줄 알았던 이단을 만났고, 이단은 그녀를 위로해 주었다. 그리고 다시 돌아오겠다고 약속하고 떠났다.

그와 사랑을 나눈 것도 아니다.

그와 오랜 시간을 같이 보낸 것도 물론 아니다.

단지 반나절 정도 그와 함께 있었을 뿐인데, 단지 이단과 같이 있었다는 것만으로 그런 효과를 가져왔다.

차가람은 이단을 다시 만날 날을 기다리며 이곳에서 제 할 일을 하기로 마음먹었다.

여기에는 그녀를 환영해 주는 사람들이 있었고, 그녀가 할 수 있는 일이 있었다.

그리고 그녀의 정인이 이곳으로 그녀를 찾아오기로 한 약속의 땅이기도 했다.

"아줌마, 이제 나는 뭐 하지?"

혜민의 말에 차가람은 미소를 지었다.

그녀를 따라온 해석도 얼결에 같이 웃을 수밖에 없었다.

*   *   *

파사는 지이 사니의 안내를 받으며 만월의 마녀가 추격을 받았던 현장으로 향했다.

"정황으로 보았을 때, 우리 모두 만월의 마녀가 범인이라고 생각을 했는데, 어째 아닌 듯합니다. 아미타불."

지이 사니는 그동안의 추리를 파사에게 설명을 해주었다.

"사실 생각해 보면, 만월의 마녀가 사람을 죽였다는 이야기는 없었지요. 사람들의 정신을 쏙 빼놓을 것 같은 미모라니, 누가 그런 미녀를 그냥 두고 보고만 싶겠습니까. 게다가 여자 혼자 다니고 있었으니……."

사미니, 매련은 주왕 차가람이 만월의 마녀라 불렸다는 사실이 이해가 갔다.

정말 주왕 차가람이 그런 미녀라면, 그리고 그녀가 홀로 강호를 돌아다니고 있었다면 사내들은 그녀를 그냥 놔두지 않았을 것이다.

다 사내들이 문제다.

파사는 그때까지 조용히 입을 다물고 있었다.

분명히 향내가 난다.

시간이 지나서 이제는 흐릿하지만, 향내가 난다.

향내는 향은 짙지 않았지만 맑고 깨끗했다. 양은 적어도 순도는 높았다.

이런 맑고 순수한 향내를 맡아본 게 언제인지 기억도 안 났다.

아, 이제야 기억이 났다.

둘째 사저에게도, 그리고 그녀의 딸아이에게서도 이런 맑고 순수한 향내가 났었다.

문득 궁금해졌다. 그 모녀는 어떻게 되었을까?

순간 파사는 인상을 찡그렸다.

향내의 흔적이 갑자기 진해졌다.

한 사람 또 있었다.

누군가?

"여기에서 낭왕 이단이 나타났다고 합니다."

순간 파사의 눈빛이 흔들렸다.

"누… 구……?"

"낭왕 이단. 혹시 아시는 사람입니까? 사 년 전에 우리 아미산에도 잠깐 들렀었는데……."

피식~!

파사는 실웃음을 흘렸다.

그 녀석이다.

오랜만에 파사를 감동시켰던.

"만월의 마녀가 누구라고 하셨소?"

파사는 조심스럽게 물었다.

"주왕 차가람이라고, 신농계의 젊은 여고수입니다. 사실 그녀가 무공을 보인 것은 이번이 처음이 아닌가 싶습니다만……."

"그렇… 군요~!"

확실했다.

그때 신농계의 계집과 그 계집을 구하겠다는 일념 하나로 여기까지 쫓아오던 철없는 녀석. 그들이 그렇게 자라 있었다.

꼭 그들을 자기가 키운 것처럼 파사는 뿌듯했다.

"그렇군요."

파사는 강 건너를 바라보면서 심드렁하게 대답했다.

아직 그들의 인연은 끝나지 않고 있었다.

"만월의 마녀, 그 주왕이라는 젊은 여고수를 한번 보고 싶습니다. 만나볼 수 있을까요?"

지이 사니는 고개를 끄덕였다.

"못할 것도 없지요."

강만 건너면 중경인데, 어려운 일도 아니다.

지이 사니는 문득 어쩌면 주왕 차가람, 낭왕 이단이 이번 혈겁과도 관련이 있을지도 모른다는 생각이 들었다.

그렇지 않다면 파사가 그들 두 사람에게 관심을 가질 리가 없으니까.

지이 사니는 파사와 이야기를 하느라 낭왕 이단의 이름이 나왔을 때, 사미니 매련의 눈빛이 흔들리고 있다는 것을 깨닫지 못하고 있었다.

*   *   *

동파는 신음 소리를 흘렸다.

아직 몸도 성하지 못한데 불의의 일격으로 뱃속이 진탕되었다. 덕분에 새롭게 다져 가던 내공도 다 뒤흔들렸고.

아물어가던 상처도 다시 터졌다.

상처에서 피가 흐른다.

의외로 상처는 깊었다.

거기에 사지는 몸에 딱 붙어서 묶여 있다. 어찌나 꽁꽁 묶었는지, 고개를 돌리는 것 외에는 그가 할 수 있는 게 하나도 없었다. 그 외에 할 수 있는 것이라곤 몸을 뒤척이는 것이라고나 할까?

동파는 왜 이렇게 되었는지 한 번 생각을 뒤져 보았다.

달아나는 것까지는 문제가 없었다. 그런데 건물 밖으로 빠져나가는데, 도기가 날아왔다.

'아니, 도강인가?

호신강기만으로는 부족하다. 그런 것을 상대하기에는 좀 더 강한 것이 있어야 한다.

더 큰 내공, 더 많은 수련이 필요하다.

그런데 그걸 할 수 있을까? 자신에게 그럴 기회나 있을까? 이런 정말 대단한 내공 수련법을 이제야 깨달았는데, 그것을 제대로 익혀보지도 못하고 죽게 생겼다.

화가 났다.

동파는 끙끙 앓는 소리를 냈다.

때마침 나이 어린 사미니가 먹을 것을 들고 들어왔다. 이제 겨우 열댓 살 정도 되어 보이는 소사미니다. 아마도 누가 절 간에다 아이를 버려두고 갔겠지.

"어마!"

사미니는 들어오다 말고 눈살을 찌푸렸다.

커다란 사내가 벌거벗은 몸으로 기둥에 묶여 있는데, 지금도 터진 상처에서 피가 뚝뚝 떨어진다.

사미니는 고개를 돌리고 눈만 힐끔거린다.

아무래도 사내의 벌거벗은 몸은 이제 처음 본 것 같았다.

동파는 또 신음 소리를 흘렸다.

어떻게든 움직여 보려고 몸을 비틀었다.

상처가 다시 벌어지고 피가 떨어졌다.

먹을 것을 들고 들어오던 사미니는 걱정이 된다는 듯 혀를 찼다.

그러더니 동파의 앞에 밥 대접을 내려놓고는 밖으로 몸을 돌렸다.

"이봐, 소사미니!"

동파는 소리쳤다.

사미니가 등을 돌린 채로 머뭇거린다.

"이대로 어떻게 하나~!"

사미니가 뒤를 힐끔거렸다.

"먹을 것을 그냥 발치에 놓고 가면 어떻게 해! 내가 몸을 굴릴 수도 없고. 이보라고. 피는 계속 떨어지는데, 굴렸다가 행여 상처에 더러운 것이 들어가서 덧나기라도 한다면……."

소사미니는 눈치를 살폈다.

말을 들어보면 그 말이 맞는 것 같은데, 그게 꼭 그렇다고만은 할 수 없었다. 들어오기 전에 미리 선배 사미, 사미니들로부터 주의를 단단히 받았다.

여기 있는 남자는 사람을 잡아먹는 괴물이다. 그러니 그와는 말도 하지 말고 눈도 마주치지 마라.

그런데 막상 들어와 보니 멀쩡한 사내다. 그것도 남자답게 잘생겼다. 이런 남자가 왜 괴물이라는 거지?

소사미니는 조심스럽게 뒷걸음질로 다가왔다.

힐끗.

역시 너무 멀리 밥 대접을 놓았다.

좀 더 가까이 놔야 먹을 수 있을 것 같다.

소사미니는 얼굴도 돌리고 뒷발로 툭툭 밥 대접을 밀어 보았다. 그러다가 쏟았다.

"쯔쯧, 먹지도 못하게 되었군."

동파가 혀를 찬다. 그래도 어떻게든 뭣 좀 해보겠다고, 바닥에 흐른 국 국물과 밥풀을 입을 대가며 후룩거렸다. 흙먼지 반, 밥풀 반이 뒤섞여서 동파 입속으로 들어갔다.

소사미니는 갑자기 동파가 불쌍해졌다.

"쫌만 기다려요, 내가 다시 보시해 드릴게."

소사미니는 밥 대접을 들고 다시 폴짝폴짝 뛰어나갔다.

잠시 후 밥 대접을 들고 들어온 소사미니는 동파의 얼굴 밑에다 밥 대접을 내려놓았다.

한번 대화를 나눠보니 무서운 사람 같지가 않았다.

그나저나 저렇게 피를 흘려도 되는 걸까?

그것이 염려스럽기도 했지만, 동정을 가지면 안 된다. 선배 사미니들이 그렇게 이야기했다.

"고마우이, 소사미니. 날 위해서 이렇게……."

동파는 감정이 치밀어 올랐다. 저도 모르게 눈물이 글썽거린다. 괜히 훌쩍일 필요 없다. 어차피 이렇게 된 것 아닌가! 동파는 눈물을 참으며 대접에 코를 박았다. 그리고 우물거리면서 밥을 먹었다. 입을, 그리고 혀를 놀려서 밥 대접을 뒤적였다. 누운 채로 밥을 먹기도 힘이 들지만, 오로지 머리만 써서 밥을 먹기는 더욱 힘이 들었다. 그러다가 다시 엎었다.

"쯔쯔쯧."

소사미니가 다시 혀를 찬다.

"잠시만 기다려요."

소사미니는 다시 폴짝거리며 밖으로 뛰어나갔다. 그녀의 승복이 나비처럼 펄럭였다.

다시 돌아온 소사미니는 숟가락을 들고 있었다.

조심스럽게 소사미니는 동파를 향해 다가왔다.

그 앞에 되도록이면 멀찌감치 쪼그리고 앉은 소사미니는 숟가락으로 동파에게 밥을 떠주기 시작했다.

동파는 옆으로 몸을 돌렸다.

상처에서는 더 빨리 피가 흘러내렸지만, 편하게 밥을 먹기 위해서는 그게 가장 좋은 자세였다. 엎드리면 입안으로 음식을 받아먹기 힘들고, 드러누우면 삼키기 힘이 든다.

그 중간 지점에 절충안이 모로 누워서 받아먹는 건데…….

어쨌거나 동파는 밥 대접을 비우는 데 성공했다.

"꺼어어흑! 이런, 이런. 소사미니 보는 앞에서 못하는 것이 없네. 아아, 잘 먹었다. 고마워요, 소사미니. 그런데 어쩌다 보니까, 나는 우리 소사미니 이름도 모르고 있었네?"

소사미니는 잠시 걱정이 앞섰다.

분명히 선배 사미니들이 말도 나누지 말고 눈길도 주지 말라고 했는데, 이렇게 말벗을 해도 되는 걸까?

소사미니는 이름을 가르쳐 주는 것 정도는 문제가 안 될 것 같았다.

"월매(月梅)!"

동파가 감탄을 했다.

"아아, 예쁜 이름이네. 소사미니처럼 예뻐!"

동파의 말에 소사미니는 감동을 받았다. 자기는 꼭 기생 어멈 같은 이름이라고 싫어했는데, 이 남자는 예쁜 이름이란다.

"아직 사미니라 정식으로 법명을 못 받았어. 나도 법명을 얻으면 월매라는 이름은 버려야지."

"그럼, 그럼~! 우리 월매, 곧 수계식을 할 건가 보지?"

"응. 아직은 아니지만, 나도 선배 언니들처럼 비구니가 되어야지."

동파는 고개를 흔들었다.

"아까워, 아깝다고."

"뭐가?"

"우리 월매, 정말 이렇게 예쁜데 비구니가 된다고? 그럼 색동옷도 한 번 못 입어보고, 화장도 못해보고 그렇게 되는 거잖아! 지금도 이렇게 예쁜데, 제대로 화장하고 단장하면 얼마나 예쁠까! 그것을 볼 수 없다고 생각하니 아깝다고."

"피이."

월매는 동파의 말에 콧방귀를 뀌었다. 하지만 듣기 나쁘지는 않았다.

"나, 이제 가봐야 해."

"저어, 그전에 부탁이 하나 있는데…….."

동파가 난처한 표정으로 말을 했다.

소사미니 월매는 동파의 말을 어떻게 받아들여야 하나 망설이고 있었다.

"다른 게 아니고, 내가 우리 월매가 갖다준 밥을 먹었잖아. 국밥을 먹었더니 좀 그게 급하네. 그런데 이렇게 묶여 있으니까…….."

월매는 인상을 찡그렸다.

"어떤 거? 큰 거, 작은 거?"

"작은 거어. 큰 거면 어떻게 이야기를 해. 더럽게."

월매는 문밖의 눈치를 살폈다.

"그럼 어떻게 해?"

"요렇게, 요렇게 내가 할 테니까, 이걸 좀 저쪽으로 잡아주면 안 될까? 그럼 오줌이 저쪽으로 튈 테니까, 그럼 나는 여기 누워 있고. 그럼 괜찮을 것 같은데……."

월매는 동파가 말하는 '이것'을 바라보다가 얼굴을 돌렸다. 망측했다.

"안 돼! 무서워."

"그럼 어떻게 해? 그리고 뭐가 무서워. 남자들은 다 이게 이렇게 생긴 건데."

월매는 눈을 빛냈다.

"남자들은 다 그렇게 생겼어?"

그럴 줄 알았다.

너무 일찍 절에 갖다 버려서 이 어린 계집은 남자 몸이 어떻게 생겼는지 한번 구경도 못했을 것이다.

"그럼~! 다 똑같이 생겼어. 모양은 다르지만 다들 이게 달렸고 크기도 제각각이지만, 이게 하는 기능은 똑같아."

"그렇구나아."

어느새 월매는 아무 생각 없이 그곳을 바라보고 있었다. 신기했다, 남자랑 여자랑 그 부위가 그렇게 다르게 생긴 것은. 선배 사미니, 비구니들이 이야기를 해줘서 들어서는 알고 있는데 실제로 보기는 처음이다.

"아아, 급하다, 급해. 나 쌀 것 같은데, 어떻게 하지?"

"그럼? 내가 그냥… 방향만 잡아주면 돼?"

동파는 서둘러 대답했다.

"응! 그냥, 그렇게만 해주면 돼! 그거면 충분해!"

동파의 말에 소사미니 월매는 힘을 냈다.

그런데…….

막상 그것을 방향을 잡아주려니, 줄을 좀 풀어야 했다. 하도 칭칭 동여매서 줄에 걸려서 그게 안 나온다.

고민 끝에 월매는 한 가닥만 풀기로 했다.

그 줄이라는 것이 여러 매듭으로 팔, 다리, 허리, 목 등등을 묶어놓았기 때문에 한두 개 푼다고 해서 나머지 줄이 헐거워지거나 하는 문제는 없을 것 같았다.

그래서 월매는 그 줄을 풀었다.

그리고 그것을 꺼냈다.

"아아, 고마워, 고마워! 아아아아~! 이제 살 것 같다."

동파는 신음 소리를 흘렸다. 줄줄줄 오줌이 쏟아진다. 누워서 쏘기 때문에 위로 분수처럼 솟구친다.

"저쪽으로, 저쪽으로……."

동파는 주문을 했고.

"이렇게? 이렇게?"

어린 소사미니 월매는 그 방향을 잡아줬다.

재미있었다.

남자의 그것은 길게 막대처럼 생겨서 방향을 돌려주니까 그렇게 된다. 신기하기도 했고.

"아아, 살 것 같다. 고마워."

드디어 오줌발이 줄어들었다. 그러다가 마지막 방울이 맺혔다. 소사미니는 이제는 좀 뭐를 아는지, 그것을 흔들어서 끝에 맺힌 한 방울도 털어주었다.

"고마워. 윽, 또 나온다."

동파는 신음 소리를 흘렸다.

"또?"

월매가 황급히 방향을 고쳐 주었다.

"아니, 아니. 그게 아니고, 단물이 나온다고."

"단물?"

"응! 감로수라고도 하는데… 몸에 흥분이 되면 나오는 거 있어."

"흥분이 되면? 그게 뭔데?"

월매는 모든 것이 신기했다.

남자 것이 그렇게 생겼다는 것도 신기했고, 거기에서 또 꽃에 달린 꿀처럼 단물이 나온다는 것도 신기했다.

선배 비구니들이 그런 이야기는 안 해주었는데. 혹시 그녀들도 모르는 것은 아닐까?

그래, 모르는 것일 게다. 비구니가 어떻게 남자 몸을 알겠어. 나중에 자랑해야지. 남자 몸에서는 단물이 나온다고.

"월매처럼 예쁜 처자가 만져 주면 남자는 단물을 흘려. 그 물이 너무 맛있어서 받아먹는 여자들도 있지."

"에이, 거짓말~!'

월매는 인상을 찡그렸다.

그럴 리가 없다.

어떻게 오줌 나오는 구멍으로 또 딴 물이 나온단 말인가? 더럽게 오줌 나오는 구멍에 입을 대고 단물을 받아먹는다고?

"진짜야. 아, 나온다, 나온다."

동파가 나온다는 말에 월매는 자동적으로 눈길이 그곳으로 갔다.

그것이 아까보다 커졌다. 딱딱해지기도 했고.

그런데 정말로 그 끝에 이슬 같은 방울이 맺혔다.

"어? 진짜다! 정말이네?"

"정말이지 않고! 그럼 내가 거짓말을 할 줄 알았어?"

월매는 방울방울 꿀처럼 길게 늘어지며 떨어지는 '단물'이라는 액체를 바라보면서 고개를 흔들었다.

"아니! 거짓말은 아니라는 것은 알겠어. 그런데 너무 신기하네?"

"어때? 맛 좀 볼래?"

"에이~! 더러워. 오줌 구멍으로 나온걸."

"단물이라니까! 뭐, 우리는 벌이 따온 꿀을 안 먹나?"

월매는 잠시 고민을 해보았다.

듣고 보니 그렇다. 뿐인가? 굼벵이, 지렁이도 다 먹는다. 곰 발바닥이나 코끼리 코, 제비 침 같은 것은 너무 비싸서 먹어보지도 못했다. 아니, 구경도 못해보았다.

"듣고 보니 그러네."

그 단물이라는 투명한 그것이 길게 꼬리를 끌며 똑똑 떨어졌다.

"에이, 아까워라. 다 나왔다."

다 나왔다는 말에 월매가 더 아쉬웠다.

"정말? 이제 그럼 다 떨어진 거야?"

"다 떨어진 것은 아니고. 그래, 월매처럼 예쁜 사람이 다시 만져 주면 또 나오게 돼."

월매는 눈을 빛냈다.

"정말? 또 나와?"

"그럼! 또 나오고말고. 특히 월매처럼 예쁜 여자가 만져 주면 더 많이 나와."

"그게 정말이야?"

월매는 자기도 모르게 앞으로 한 걸음 다가왔다.

"정말이지 않고."

동파는 월매가 만지기 쉽도록 몸을 똑바로 눕혔다.

등 뒤의 상처가 흙바닥에 닿았지만, 그건 중요한 게 아니다.

월매는 하늘을 보고 곧추선 그것을 조심스럽게 더듬었다.

정말이다. 다시 '단물' 이 나오기 시작했다.

"봐~! 내 말은 진실이라니까!"

끈끈하면서도 미끈한 '단물' 이 그것을 타고 밑으로 흐른다. 그래서 손에 묻는다.

"에이."

못 먹을 것 같다. 오줌을 누는 그것을 더듬었는데, 그것을 타고 단물이 흘렀으니……

도대체 사람들은 어떻게 저 단물을 받아먹는단 말인가?

아쉬웠다.

"입을 대고 먹어."

"뭐?"

"입을 대고 먹는다고."

월매는 동파가 무슨 말을 하는지 알았다.

그리고 자기 생각이 들킨 것 같아 속상했다.

그런데 정말 입을 대고 먹는다고?

"정말이야?"

"그럼 정말이지 않고. 내가 말했잖아. 월매처럼 예쁜 여자가 만져 주면 또 나온다고. 그리고 더 많이 나온다고."

그것도 사실인 것 같다. 월매가 만져 주고 있으니까 계속 막대를 타고 흐르고 있다. 이제는 손이 아주 미끌미끌하다. 이건 꼭 논두렁에서 미꾸라지를 잡았을 때의 느낌과 비슷하다.

가만. 생각해 보니까, 흙 속에 살고 있는 미꾸라지도 잡아
먹는데 저것을 못 받아먹을 이유도 없는 것 같다.

"그러다가 행여 딴짓하는 거 아니지?"

월매는 다시 한 번 확인했다.

"나를 봐봐. 이 상태로 내가 무엇을 할 수 있겠어?"

하긴, 그 말이 맞다.

오줌도 제대로 눌 수 없어서 월매가 도와줘야 하지 않았던
가!

월매는 안심이 되었다.

안심이 되니까 할 수 있을 것 같았다. 나중에 선배 비구니
랑 사미니 언니들한테 자랑해야지!

월매는 그것을 아주 살짝만 입속에 넣었다. 그리고,

"오오오오~!"

동파는 신음 소리를 흘렸다.

가능했다.

맑고 순수한 정기가 그의 몸속으로 흘러들어 온다. 아주 조
금씩 소량이지만, 정말로 세상에 때 하나 안 묻고 깨끗한 정
기다. 그렇기에 더욱 소중했고, 소량만으로도 큰 가치를 갖고
있었다.

그것은 마치 순금의 가치가 반금의 가치의 몇 배에 달하는
것과 같은 이치다.

"오오오오~!"

동파는 다시금 신음 소리를 냈다.

안 되겠다.

동파는 양손으로 월매의 머리를 잡았다.

그리고 더욱 깊숙이 그의 그것을 월매의 입속에 집어넣었다.

"읍, 읍, 읍, 읍……."

월매는 숨이 막히는지 신음 소리를 냈지만, 동파는 멈출 생각이 없었다.

아니다. 이렇게 하는 것만으로는 성에 안 찼다.

동파는 월매를 안아 일으켰다.

"어, 어떻게 풀었……."

그러고 보니 팔을 묶었던 줄이 풀렸다.

정확히 말하자면, 풀린 게 아니라 끊어져 있었다. 다시 몸 안으로 정기가 흘러들어 오면서 내공이 발동한 것이다. 없어진 줄 알았던 내공은 그의 몸속에서 조용히 잠들어 있었을 뿐이다. 그러다가 그의 부름을 받고·다시 세상 밖으로 나오고 있었다.

내공을 깨워야 한다.

동파는 본능적으로 알았다.

앉아 있는 자세 그대로 월매를 끌어안았다.

"압!"

월매가 비명을 지르려던 것을 동파는 황급히 그녀의 입을 봉했다.

그리고,

동파는 자리에서 일어났다. 상처는 다시 출혈이 멎었고, 풀렸던 내공은 다시 뭉쳤다.

툭.

그의 품에 안겨 있던 어린 소녀의 비쩍 마른 시신이 바닥을 굴렀다.

동파는 잠시 고민에 빠졌다.

지금 바깥에는 많은 비구니와 사미니들이 그의 손길을 기다리고 있다.

그럼 여기에서 충분한 양의 내공을 축적하고 달아날까?

아서라. 아니다.

그 벽안의 금발 마귀를 보지 않았나!

네 상대가 안 된다. 호신강기도 필요없고 무공도 필요없다. 그녀가 나타나면 모든 것이 다 끝장이다.

동파는 결심했다.

우선 달아나기로!

第六十一章
물러나. 그럼 살 수 있어

狼王 왕

성도로 향하는 동안, 고창은 풀이 죽어 있었다. 자신이 혜민에게 이용만 당했다고 생각하니 의욕이 안 났다.

"그렇게 기운 없어 하지 마라. 어차피 세상은 공평한 것이 아니니까."

고적이 동생을 위로한답시고 그런 말을 했다.

"공평하지 않다고요?"

"그래, 공평하기는커녕 오히려 불공평하지."

고적이 저녁을 먹고 쉬고 있는 설아를 가리켰다.

"이단이라는 놈. 사기성이 짙은 뛰어난 무공에다가 주왕차가람에 저기 설아 소저의 사랑까지 받고 있다. 그게 말이 된다고 생각하냐?"

"아! 아~! 아, 그렇군요. 맞아요."

고개를 끄덕이던 고창이 생각난 듯이 물었다.

"그런데, 사기성이 짙다고요?"

"그래. 그건 사기다."

"무슨 사기?"

"봐라. 사숙조의 내공을 물려받은 나도 고작 이 수준인데, 낭왕 이단이 어떻다고? 너는 그게 말이 된다고 생각하냐? 설명을 할 수 있으면 한번 해봐라."

"그렇군요! 맞아요. 그럴 리가 없어요. 어디서 무슨 마공을 익히지 않는 이상… 어, 그 마공!"

고적은 중얼거렸다.

"그래, 가사몽습지혜! 놈은 분명히 그렇게 말했지."

고적의 말에 고창은 수긍했다. 맞는 말이다. 그때 이단을 처음 만날 때, 귀신같은 용모의 이단이 가사몽습지혜라고 말했다.

"그럼 어떻게 하지요?"

"어떻게 하긴!"

고적이 소리를 질렀다.

그러는 바람에 설아가 이쪽을 돌아본다.

고적은 자신의 실수를 깨닫고는 아무것도 아니라는 것처럼 설아를 향해 손을 흔들었다.

여전히 두 눈을 꼭 감고 있건만, 설아는 이쪽을 본 것 같았다. 어쩌면 봤는지도 모른다. 지금은 안서라는 쥐를 통해서 말이다. 설아가 다시 얼굴을 돌린다. 고적은 그제야 안도의 한숨을 내쉬었다.

"어떻게 하긴, 놈의 정체를 까발려야지. 세상 사람들에게 놈이 마공을 익히고 있다는 것을 밝혀내야 해. 놈이 바로 능검후를 죽인 범인이고, 그 증거로 놈이 익힌 마공과 그것을 통해 놈이 지금의 높은 무공을 갖고 있다는 것을 말이다."

"아아~!"

고창이 길게 신음 소리를 내뱉었다.

무언가 빠진 것 같은데, 맞는 말 같다.

형의 말대로 사숙조 모강의 내공을 이어받은 고적의 단계가 이 정도인데, 이단은 기합 한마디로 사람들을 놀래킬 정도의 고수다. 그건 정말 설명이 안 된다. 굳이 설명을 하자면, 마공을 익혔거나 천우신조로 영물의 내단 같은 기회를 잡았거나.

'영물의 내단? 에이, 설마.'

고창은 자신의 추리가 우습다고 생각을 하면서 고개를 흔들었다. 문득 오 년 전에 나타났다가 사라진 교룡이 기억 속에 떠올랐는데, 그럴 리가 없다고 생각하고는 머릿속의 기억을 지워 버렸다.

그보다는 마공 쪽이 더 가까웠다. 분명히 놈은 가사몽습지혜라고 말하는 것을 두 형제가 직접 똑똑히 듣지 않았던가!

고창은 자기도 일을 해결하겠다는 생각에 주먹을 불끈 쥐었다.

*   *   *

차가람은 뜻밖의 손님을 맞이했다.

처음 보는 사람들이다.

하지만 앞의 두 사람 등 뒤에 있던 벽안의 금발 사미니를 보는 순간, 머리카락이 곤두섰다.

그녀를 찾아온 세 사람, 지이 사니와 사미니 매련, 그리고 파사였다.

지이 사니나 매련을 차가람은 모르지만, 파사를 차가람은 잊을 수가 없었다.

직접 그녀의 두 눈으로 본 것은 아니다.

당시 그와 그녀는 밝은 곳에, 그리고 그들은 어두운 곳에 있었다.

하지만 느낌으로 안다.

그들의 목소리, 그리고 그들의 기운.

친숙한 기운.

이제는 익숙한 기운이다.

그녀의 몸속에 있고, 이단과 함께 공명을 일으키는 그 기운이다.

며칠 전만 해도 그 기운을 느낄 수가 없었는데, 음마와 식마를 만나는 순간, 그들에게 그녀와 같은 기운이 흐른다는 것을 알 수 있었다.

그것은 같은 계통의 기운이다.

광마로부터 시작해서 이단을 통해 그녀의 몸속에 들어와서 자리를 잡고 그녀의 무공의 근간을 이루는 기운.

바로 율갑혼정기다.

"먼 길을 오셨군요."

차가람은 되도록이면 침착하게 인사를 했다.

먼저 지이 사니에게 인사를 했고, 다음으로 매련, 그리고 마지막으로 가장 후미에 있는 파사에게 인사를 했다.

그때까지 파사는 차가람의 허리에 걸린 만월도를 바라만 보고 있었다.

"만월도로군요, 중원에서는 흔하게 볼 수 없는."

차가람은 어색한 웃음을 흘리면서 고개를 끄덕였다.

파사는 한숨을 내쉬면서 말했다.

"많은 문물과 무공이 발달한 중원이지만, 아직까지 만월도, 즉 환도의 효용에 대해서는 잘 모르나 봅니다. 만약 중원이 그것을 깨닫는다면, 중원 도검의 모양이 바뀔 텐데……."

파사는 중얼거리면서 손을 내밀었다. 칼 좀 한번 보자는 소리다.

차가람은 아무 소리 않고 만월도를 풀어서 그녀에게 내밀
었다.

파사는 만월도를 뽑았다.

그리고 칼을 들여다보았다. 그리운 옛 추억이 생각나는 듯
했다.

"사용법은 아십니까?"

차가람은 침착하게 대답했다.

"배우는 중입니다."

파사는 고개를 끄덕였다.

"가르쳐 준 사람은……."

"선종(善終)하셨습니다."

차가람의 말에 파사는 길게 한숨을 내쉬었다.

"그렇군요. 선종이라……."

파사는 그 표현이 참 좋다고 생각되었다. 선종, 좋은 결말
이라는 뜻이다.

그 한마디에 함축된 의미를 생각하면서 파사는 불호를 외
웠다.

차가람도 같이 합장을 했다.

"외람되지만, 그분을 위해 극락왕생을 빌어주시면 감사하
겠습니다."

파사도 같이 합장했다.

"아미타불, 아미타불… 그래야지요."

영문도 모른 채 매련과 지이 사니도 같이 합장을 했다.

파사는 조용히 인사를 했다.

"득도하시기 바랍니다."

차가람은 당황한 채로 인사를 받았다.

"성불하십시오."

파사는 몸을 돌렸다.

지이 사니는 파사가 무슨 설명을 해주기를 기다렸지만, 파사의 꼭 다문 입술은 다시는 열릴 것 같지 않았다.

참다못한 매련이 물었다.

"어떻게 된 겁니까?"

파사가 몸을 돌렸다.

"만월도는 독특한 사용법을 갖고 있습니다. 그 방식이 워낙 독특하여 중원에서는 흔히 볼 수 없는 초식입니다. 하지만 그 용례는 결코 무시할 수 있는 것이 아니지요. 소사미니가 어릴 적에 만월도의 사용에 대해 견식을 한 적이 있습니다. 그래서 혹시 이 사미니가 아는 사람의 전인이 아닐까 싶었습니다만, 아니더군요."

매련이 다시 물었다.

"그럼? 성적사 살인 사건의 범인이 주왕 차가람이 아니라는 말씀입니까?"

파사는 힘을 주어 대답했다.

"아닙니다."

매련은 두 사람이 나눈 대화가 의심스러웠지만, 그것을 물을 수는 없었다.

지이 사니 역시 같은 생각이지만, 파사의 결정을 받아들이기로 했다.

괜히 일절 사태가 파사를 그들과 함께 보낸 것이 아닐 것이다. 또한 파사가 지난 사 년을 허송세월을 한 것 또한 아닐 것이다.

파사가 그렇게 말을 한다면 그런 것이다.

지이 사니는 그렇게 받아들이기로 했다.

"돌아가십시다. 성적사의 범인이 누가 되었든, 그것은 성적사가 알아서 할 일."

지이 사니는 굳이 더 캐물을 필요가 없을지도 모른다고 생각했다.

채음마는 벌써 잡아다 가둬놓았고, 죽은 성적사의 무승들은 그 행실이 고약했다. 어쩌면 그래서 벌을 받은 것인지도 모른다. 음마, 식마의 사건과는 상관없이 말이다.

지이 사니는 그렇게 결론을 내렸다.

"스니임, 스님."

뒤에서 세 사람을 부르는 소리가 들려왔다.

돌아보니, 허리춤에 새끼줄을 맨 젊은이가 달려오고 있었다. 가만 보니 아까 차가람의 곁에 있던 자다. 개방의 제자인 듯한데.

그의 뒤로 차가람이 보였다.

"오늘은 너무 늦었습니다."

그러고 보니 벌써 날이 어두웠다. 오늘 다시 강을 건너기는 틀렸다. 범인을 찾겠다는 생각에 미처 그런 것은 따지지 못했다.

"제가 쉬실 만한 곳을 마련해 드리겠습니다."

차가람의 말에 세 사람은 신농계에서 하룻밤을 지내기로 했다. 파사는 차가람을 바라보며 따뜻한 미소를 지어 보였다.

인연의 끈은 참으로 질겼다.

*   *   *

정신없이 도망치던 동파는 자신이 지금 북쪽으로 달아나고 있다는 것을 깨달았다.

수구초심이라고, 막상 달아나려니까 집이 있는 성도로 향하고 있었다.

동파는 잘되었다고 생각했다. 이쪽으로 가면 못 달아날 일도 없다.

그렇게 달리다 뜻밖의 사람들을 발견했다. 불빛을 보고 사람이라는 생각에 달려왔는데, 저들이다.

바로 고적과 고창 형제와 설아다.

설아는 불 옆에 가만히 앉아 있었고, 고적이랑 고창은 열심히 불을 뒤집고 잘 자리를 만들고, 그러고 있었다.

그를 괴롭힌 사람은 당씨 남매와 얼굴에 철가면을 뒤집어 쓴 놈이다. 그리고 금발의 여승이다. 그들만 피하면 된다.

그들을 제외하면 무서운 것은 없을 것만 같았다.

동파는 다시 설아를 바라보며 침을 삼켰다.

예전부터 봐온 계집이다.

저 계집이 이단이랑 같이 다닐 때부터 마음에 안 들었다.

성질 같아서는 사람들이 보는 앞에서 옷을 갈가리 찢어서 발가벗겨서는 대로에서 강간을 했을 텐데…….

히죽.

생각만으로도 즐거웠다.

다시 마른침을 삼켰다.

그때 설아가 이쪽으로 얼굴을 돌렸다.

'헉!'

동파는 순간적으로 당황했지만, 이내 설아는 앞을 못 본다는 것을 기억해 냈다.

저건 소리를 듣고 고개를 돌린 것이리라.

그렇게 생각하면서 소리없이 그들에게 접근하려 했다.

"고적!"

바로 그때, 설아가 고씨 형제를 불렀다.

형제는 동시에 설아를 바라보았다.

설아가 손을 들어 동파가 있는 쪽을 가리키며 말했다.

"저기, 사람 있어요."

고적은 깜짝 놀랐다.

하지만 더 놀란 것은 고적이 아니라 동파였다.

"예. 동파요."

"동파?"

"갈왕 동파. 정말 몰라요?"

동파는 머뭇거릴 틈이 없었다.

벌써 들켰다. 설아는 거기 숨어 있는 사람이 자기라는 것까지 알고 있었다.

기습은 이미 실패했으니 남은 것은 선공이다.

동파는 뛰어나갔다.

동파가 신형을 솟구치자, 사람들의 시선이 일제히 이쪽으로 향했다.

고적은 순간 바로 대응하지 못했다.

설아가 말했다.

갈왕 동파라고.

갈왕 동파!

만난 적은 없지만, 이름은 들어서 잘 알고 있다.

정무련이 자랑하는 후기지수를 일컬어 사수왕이라 했고, 낭왕 이단이나 주왕 차가람, 또 취왕 장홍란이 바로 그들이다. 그리고 나머지 한 사람이 바로 갈왕 동파다. 병가보의 흑표단 단주!

그런데 갈왕 동파라고?

갈왕 동파가 왜?

그런 생각을 하는데, 사람이 숲 속에서 튀어나왔다.

고적은 설마 갈왕 동파가 그들을 공격하리라고는 생각지 않았다. 그런데…….

고적은 소리를 질렀다.

"위험해!"

그러면서 설아의 앞을 가로막았다.

역시 놈이 노리는 것은 설아였다. 동파는 곧장 설아가 있는 곳, 즉 그녀의 앞을 지키고 선 고적을 향해 날아들었다.

고적은 허리춤을 더듬었다.

아뿔싸!

설아 앞으로 뛰어나온 게 실수다.

그가 앉았던 자리에는 주인을 잃은 검이 덩그러니 놓여 있었다.

'이런, 초보적인 실수를…….'

고적은 적수공권으로 동파를 맞았다.

쿠화아앙!

일격에 고적은 날아갔다.

동파는 제대로 된 무공 초식을 펼치지도 않았다. 그저 맨몸으로 달려와서 어깨로 고적을 들이받았을 뿐이다.

고적도 가만있지 않았다.

멧돼지처럼 달려오는 동파를 보고 수도를 날렸다.

하지만 고적이 날린 수도는 동파의 육중한 체격에 털끝 하나도 건드릴 수가 없었다.

고적은 동파의 몸을 때린 그의 수도가 손이 다 저려온다고 생각했다.

그런 생각을 하는 순간, 동파의 몸통 공격이 시작되었고. 몸통 공격이란, 몸통을 공격하는 게 아니라 몸통으로 공격을 한다는 것을 의미한다.

동파의 육중한 체격은 몸통 공격을 하기에 적합했고. 동파의 등 뒤 쪽 어깨에 고적은 정확히 그의 안면을 들이받혔다.

그리고 고적은 맥없이 허공을 날아갔다.

'무슨 이런 말도 안 되는……'

날아가면서 고적은 중얼거렸다. 그리고 그렇게 중얼거리면서 의식을 잃었다.

"캑!"

고창이 신음 소리를 흘렸다. 고창의 손에서 부러진 검이 미끄러지더니, 챙그랑! 하고 바닥을 두들겼다. 끝이다.

동파는 쥐고 있던 손을 놓았다.

스르르륵.

고창은 정신을 잃고 시퍼렇게 멍이 들고, 여기저기 부어서 터진 얼굴을 한 채로 미끄러졌다. 털썩 소리도 내지 않고 그냥 흘러내렸다.

히죽.

동파는 최대한 정중하게 웃으려고 했지만, 굳어버린 안면 근육은 말을 안 들었다.

"설아, 오래 찾았어."

설아는 당황하지도, 놀라지도 않았다.

"나를? 나를 왜?"

동파는 그 말을 듣자마자 허리를 앞뒤로 씰룩씰룩했다.

"어때? 멋지지 않아? 설아가 나랑 이단 그 쥐새끼랑 비교를 해줄 수 있는 사람 같아서. 그래서 설아를 찾아다녔어."

"이단은 쥐새끼가 아니야. 이단은 늑대야. 낭왕 이단. 사람 들은 이단을 그렇게 불러."

동파는 골치가 아팠다. 여자랑은 말싸움을 하는 게 아니 다. 그게 상책이다.

"아아, 쥐새끼든 여우 새끼든."

"여우 새끼도 아니야. 여우랑 늑대는 달라."

"그래, 알았어, 알았어. 늑대."

동파는 설아를 향해 한 걸음 더 다가섰다.

"아아, 늑대 새끼든 여우 새끼든 그것은 내 알 바 아니고. 어쨌거나 이단 그 새끼랑 나랑 누가 더 센가 그것을 비교해 줄 수 있는 사람이 설아인 것 같았어."

동파는 한 걸음 더 다가섰다.

"이단이 더 세. 그것은 세상 사람들이 다 알아."

동파는 더 이상 말싸움하기 싫었다. 말로 설득을 하든 힘으로 제압을 하든 어차피 결론은 매한가지다.

동파는 내공이 필요했고, 내공을 되살리기 위해서는 여자가 필요했다. 그것도 기왕이면 순음지체가 좋은데······.

"킁킁."

설아에게서 좋은 냄새가 난다.

이제는 알 수 있다. 처녀인지 아닌지, 그리고 좋은 때인지 아닌지, 또 축적된 기가 많은지 적은지.

짧은 기간 동안에 많이 일을 하다 보니까 경험을 통해서 자연스럽게 그것을 알 수 있었다.

기녀들은 거의 바닥을 보인다. 그래서 일하는 노동량에 비교해서 얻는 수확량이 적었다.

결혼한 여자, 그리고 남자를 자주 접하는 여자는 정기가 불순하다.

강호인이 일반인보다 양이 많다.

그리고 어릴수록 순수했다.

그런데 설아는?

"킁킁킁."

정말 좋은 냄새다. 이건 순수하고, 깨끗하고 맑고, 자신있는······. 가만!

"이놈, 미친 새끼 아냐!"

동파는 이 자리에 있지도 않은 이단을 향해 욕을 해댔다.

정말이다.

동파가 놀릴 때마다 이단이 우리는 그런 사이 아니라고 하더니, 정말로 그런 사이가 아니었다.

아무리 생각해도 이단은 바보였다.

그렇게 죽어라 쫓아다니는데 그걸 그냥 놔두었으니, 바보가 아니고 무엇이란 말인가!

어쨌거나 이단이 차린 상에 숟가락을 들지 않는 덕분에 동파만 좋은 일이 생겼다. 동파는 그렇게 생각했다.

히죽!

동파는 최대한 정중하게 설아를 향해 미소를 지어주었다.

"알지? 최대한 아프지 않게 해줄게."

설아가 고개를 흔들었다.

"안 돼."

"안 되긴 뭐가 안 돼? 돼!"

동파는 특히 '돼!'를 발음할 때 힘을 주었다.

"알아? 그럼 넌 주거허."

동파는 우스웠다.

설아의 죽는다는 표현이 주는 어감이 마치 죽음을 장난처럼 느끼게 만들었다.

"주거허?"

"옹! 주거허."

"그러험, 안 주그려며헌 어떠케 해야 해?"

동파도 설아처럼 혀 짧은 소리를 해댔다.

"물러나. 그럼 살 수 있어."

"물러나?"

"그래. 물러나."

"그건 실혼데헤?"

"그럼 주거허."

"그렇구나아. 나 죽코 시포. 어떻게 한번 해봐봐."

동파는 웃으면서 말했다.

"정말?"

"응, 정말!"

설아는 다시 한 번 되물었고, 동파는 확신을 심어주듯이 대답했다.

설아가 동파의 얼굴에 손을 얹었다. 양손으로 볼을 잡으려 든다.

순간 동파는 무언가 싸~한 공포감이 밀려왔다.

그 공포감은 설아의 손을 통해서 전해졌다. 단지 손끝이 스치기만 했는데도 그렇다.

설아가 얼굴을 잡도록 그냥 놔두어서는 안 되겠다고 동파는 생각했다.

그래서 황급히 허리를 뒤로 뺐다. 한데 허리가 안 빠졌다. 뿐만 아니라 그녀에게 잡힌 얼굴도 마치 바위에 붙은 것처럼 움직일 수가 없었다.

　순간, 동파는 설아와 눈이 마주쳤다.

　"으아아아아아아아아아아아……!"

　　　　　*　　　*　　　*

　유달은 다음 무공을 수련하기 시작했다.

　지금 안에서는 장례식이 한창이지만, 굳이 그가 있을 필요
도 없어 보였다.

　수라방에 속하는 수많은 표국이 있었고, 그 표국에서 나온
사람들만으로도 이미 상고각은 꽉 찼다.

　무엇보다 유달을 갑갑하게 하는 것은 사람들의 반응이다.

　사람들은 같은 상주인 낭왕 이단을 볼 때에는 마치 영웅 대
하듯이 바라보고 공경의 뜻을 담아 칭송을 하는 반면, 유달을
볼 때에는 한심한 놈 바라보듯이 등 뒤에서 혀를 차기 일쑤였
다.

　그것을 유령환보로 돌아다니니, 더 잘 알 수 있었다.

　사람들은 바로 곁에 유달이 있다는 것도 모른 채 그를 욕했
다.

　'세상 뭐가 위이고 뭐가 아래인지도 모르는 것들.'

　유달은 저런 자들과 어울리기 싫었다.

　그는 화산파의 기명제자이고, 초대 수라방 방장의 유일한

적자이며, 전 청사군의 군장이요, 정무련 사공 중에 주작공, 아수라 유달이다!

사천에서 이처럼 좋은 문파에 좋은 가문에 좋은 배경에 좋은 직책을 경험한 사람이 있으면 나와보라!

유달은 가슴속에서 소리쳤다.

내가 제일이다!

애꾸눈 마을에 가면 두 눈이 병신이듯이, 저급한 표사들 무리에서는 명문가의 후손이 따돌림당하는 법이다.

유달은 그렇게 생각했다.

그래서 유달은 그곳을 나왔다.

나가는 유달을 잡는 사람은 아무도 없었다. 굳이 유령환보를 펼칠 필요도 없었다.

한적한 곳에 나와서는 유달은 다음 무공을 시전하기 시작했다.

현일육방도의 두 번째 무공으로, 사물의 본질을 꿰뚫어 보는 것, 바로 투형색원시다.

투형색원시를 펼치기 시작하자, 유달의 눈동자가 마치 뒷면에 은칠을 한 거울처럼 투명하게 빛나기 시작했다.

사람들이 보였다.

누가 무슨 짓을 하는지 다 보였다. 그냥 눈으로 보는 것과 그것은 또 달랐다. 어디에 힘이 들어가는지, 그래서 무엇을 하려 하는지 그 모든 것이 한꺼번에 다 눈에 들어왔다.

유달은 히죽 웃어댔다. 그리고 사람들을 뒤졌다. 저 사람
은 지금 어딘가 경직되어 있고, 그래서 무엇을 하려는지 알
수 있었다. 장례식장 한쪽에 벌어진 투전판에서 누가 속임수
를 쓰는지도 다 보였다.

유달은 히죽거렸다.

이런 놀라운 술법이 또 있을 줄이야!

이것을 정말 제대로만 익히면 파훼를 못할 무공 초식이 없
고, 수비를 못할 공격이 없다.

왜냐하면 동작의 진의를 바로 알 수 있으니까.

그렇게 이 사람 저 사람을 뒤지던 차에 유달은 깜짝 놀랐
다.

안에서 나온 또 다른 상주, 이단이 그를 노려보고 있었다.

'뭐, 뭐야?

유달은 몸이 부르르 떨렸다.

유달은 이단의 눈빛을 통해서 그것을 깨달았다.

이단은 유달의 투형색원시를 꿰뚫어 보고 있었다.

그것을 어떻게 아냐고?

바로 그것을 알려주는 게 투형색원시다. 상대의 동작과 초
식의 본질을 꿰뚫어서 보여주는 것.

그렇기 때문에 이단이 유달의 투형색원시를 뚫어본다는
것도 알려주고 있었다.

'어, 어떻게 알고 있는 거야?

유달은 신음 소리를 흘렸다.

이건 있을 수 없는 일이다.

분명히 아버지 유장한은 말했다. 이단에게 보여준 것은 사본이라고. 그리고 그것은 완전한 사본이 아니라고. 유달이 갖고 있는 것이 진품이라고.

도대체 저놈은 하나를 알면 열을 깨우칠 수 있는 천재라도 된단 말인가?

이단에 대한 공포심에 유달은 몸을 부르르 떨었다.

       *   *   *

"그래서 이렇게 된 것입니다."

이한은 보고를 끝마쳤다.

꽤나 장문의 보고인데, 처음에는 몇 구절씩 받아 적던 여일위가 이제는 아예 적지도 않고 있었다.

이한이 보고를 끝내자 한동안 침묵이 흘렀다.

이한은 마른침을 꿀꺽 삼켰다.

행여 동파를 피해 달아난 것이 잘못은 아닐까? 또 동파한테 가야 하나?

그런 걱정이 앞섰다.

"그럼 잠깐 이야기를 정리해 보세. 동파가 채음을 하고 있다고?"

"예."

"그런데 처음에는 안 죽었다고?"

"예."

"처음에는 두 명, 다음에는 세 명, 또 다음에는 네 명이고, 네 명이 다 인사불성이 되었고?"

"아, 예에."

"그리고 이제는? 놈이 손끝을 대면 여자는 말라 죽는다고?"

"저기, 손끝이 아니라 거기……."

"그래, 거기."

"예~!"

"그럼 최근에 일어난 일련의 채음 살인의 범인이 바로 동파란 말인가?"

"그렇습니다."

"흐음……."

여일위는 심각한 목소리로 신음 소리를 흘렸다.

"자네 이야기에 한 가지 안 맞는 게 있네. 우선 첫 번째 채음 희생자가 나온 때와 동파가 채정을 시작한 때가 안 맞고, 다음으로 채정의 희생자가 발생한 장소와 동파의 행적과도 안 맞네. 혹시 모르지. 동파 그놈이 낭왕 이단처럼 동에 번쩍, 서에 번쩍한다면 말이지."

예를 들던 여일위는 그 예가 부적당하다는 생각이 들었다.

아무리 이단이 빠르다 하더라도, 동시에 백제성과 아미산에서 모습을 보일 수는 없는 일이다.

이한의 말을 채근하던 여일위의 얼굴이 굳어졌다.

"그럼 혹시……."

여일위는 퍼뜩 머리를 스치는 생각이 있었다.

황급히 사천 지도를 펼쳤다.

그리고 지도를 내려다보았다.

"용비교, 우리 드디어 놈의 취약점을 찾는 데 성공했소."

여일위는 손에 힘을 주었다. 그리고 그것은 그냥 취약점이 아니라 바로 사혈이었다.

第六十二章

사고라도 났으면

사건 발생 후,
이십삼 일.

여상추는 마음이 급했다.

돌아오는 길에 그가 벌써 일을 시작했다는 소리를 들었기 때문이다.

이럴 줄 알았으면 먼저 마씨 일족을 불러낸 후에 그를 방생하는 것인데 그랬다.

하지만 후회는 아무리 빨라도 늦었다.

마씨 일족도 곧 나올 테고, 그럼 그때까지 그를 함부로 준동하지 못하게 막아두면 된다.

그게 가장 큰 문제다.

그동안에 정무련은 잘 굴러가고 있었다.

역시 관리하고 그러는 것은 여일위와 시보가 잘한다. 병가보를 보라. 여일위 놈에게 맡겨놓았더니 혼자 알아서 잘한다.

내 새끼지만 잘났다.

사실 그래서 여일위 놈에게 정이 안 간다. 그놈은 내가 아니라 제 어미를 닮았다. 그래서 싫다.

그 계집은 내조를 잘해서 신랑이 성공할 수 있도록 도와줘야 하는데, 그러기는커녕 오히려 이 여상추가 성장하는 데 방해만 되었다.

사실 그래서 없앴지만.

어쨌거나 그건 그거고, 할 일이 많다. 그가 일을 너무 빨리 시작했기 때문에 서둘러야 했다. 마씨 일족이 내려오면 지낼 거처도 성도 인근에 마련해야 하고, 또 그들을 없앨 수 있는 방책도 만들어야 한다.

그러기 위해서는 아무래도 여일위 그놈의 병가보를 써야 할 것 같다.

"혹시 그놈이 딴맘을 품으면……."

여상추는 그런 생각은 머릿속에서 싹 지워 버렸다.

여일위가 그럴 리가 없다.

"아니야. 그래도 한번……."

그래, 확인해 보는 것도 나쁘지 않을 것 같다. 우선 그것부터 해야 하겠다. 먼저 마씨 일족을 불러 내리고, 그들로 하여금 여일위를 떠보는 거다. 그래서 여일위가 딴마음을 먹고 있다는 것이 증명이 된다면, 동파로 하여금 마씨 일족을 끌고 여일위의 병가보를 쓸어버리게 한다.

그러다가 행여 여일위랑 마씨 일족이 동패구상을 당하면 어떻게 하지?

갑자기 골치가 아팠다.

전에는 이렇게 머리가 나쁘지 않았는데…….

아무래도 시보랑 이 문제는 논의해야 할 것 같다.

그러기 위해서는 우선 먼저 정무련으로 서둘러 돌아가야 할 것이고.

여상추는 머릿속이 복잡했다.

*   *   *

서서히 날이 밝았지만, 고적은 움직일 생각을 안 했다. 그 저 멍하니, 간밤에 쓰러졌던 그 모습 그대로, 눈만 껌벅이며 하늘을 올려다보고 있었다.

그렇다고 밝아오는 하늘을 감상하는 것도 아니요, 지난날 의 추억을 회상하는 것도 아니다. 두 눈은 뜨고 있되 아무것 도 보고 있지 않았다. 그냥 그렇게 드러누워서 숨만 쉬고 있 을 뿐이다. 규칙적으로 오르락내리락하는 가슴의 융기가 그 가 살아있다는 것을 증명해 줄 뿐이다.

멀지 않은 곳에서 설아의 노래가 들려왔다.

노랫가락을 들었는지, 곁에 있던 고창이 꿈틀거린다. 이제 깨어났나 보다.

고적이 쓰러진 것과 마찬가지로 고창도 쓰러졌다. 그리고 이제야 슬금슬금 일어나는 중이다. 충격이 심했는지, 바로 움직이지 못하고 신음소리를 흘리며 몸을 뒤틀고 있었다.

비틀거리던 고창이 누워 있는 고적을 보았는지, 멈칫거린다.

"형!"

대꾸가 없자, 고창은 긴장하기 시작했다.

"형?"

역시 반응이 없으니까, 고창은 화들짝 놀라며 고적을 향해 기어 왔다.

"혀엉, 형!"

그제야 고적이 움직였다.

"시끄럽다!"

안 죽었다.

그것을 확인한 고창이 한숨을 내쉰다.

"또 사고 난 줄 알았잖아요오."

고창이 울먹인다.

"사고라도 났으면 좋았겠다."

중얼거리며 고적이 모로 드러누웠다. 처음으로 그가 움직인 것이다.

"괜찮아요, 형?"

고창이 목을 빼고 고적을 들여다본다. 조심스럽게 손을 뻗어서 고적의 어깨를 흔들어보기까지 했다.

고적이 모로 드러누운 것은 고창과 이야기하기 싫다는 것인데, 미련하게도 고창은 그런 고적의 마음은 생각도 않고 제 걱정만 해댔다.

고적은 그런 것도 귀찮았다.

깔깔하니, 입맛이 썼다.

명색이 사천을 대표하는 청성파요, 그 속에서도 두각을 나타내던 고적이다.

뿐인가!

죽어가는 사숙조가 그에게 내공까지 전수해 주었다.

그런 고적이 정무련의 이단은 물론 한참 아래라고 생각하던 동파에게까지 패했다.

아무리 기습이었고, 동파라는 것을 알고 방심하고 있었다지만, 결국 패한 것은 패한 것이다.

그것도 설아가 보는 앞에서, 설아만 남겨두고 나가 떨어졌다.

남자로서 수치도 이런 수치가 없었다.

게다가 한창 아래로 보던 사천사패에서 병가보의, 그것도 병가보의 직계 제자도 아니라, 밖에서 들어온 동파에게 패했다는 사실이 그를 심한 자괴감 속에 빠뜨리고 있었다.

그럼 그 뒤로 설아는 어떻게 되었을까?

동파가 그들을 습격했다면, 놈이 노리는 것은 뻔하다.

고씨 형제를 죽이지 않은 것만 봐도 알 수 있다.

목표는 고씨 형제가 아니다.

그럼?

설아 밖에 안 남는다.

게다가 상대는 수년간 사천 강호를 돌아다니던 갈왕 동파다.

설아가 동파를 상대할 수 있을까?

고적마저 한 방에 나가떨어졌는데?

어림없는 소리다.

도대체 어디에서부터 잘못 된 것일까?

고적의 인생은 왜 이렇게 꼬이기만 하는 것일까?

문득 노래 소리가 가까워진다. 설아가 다가오고 있는 중이다.

고적은 부스럭거리면서 몸을 일으켰다가, 설아가 오는 것을 보고는 다시 몸을 뒤집었다.

오늘따라 설아의 노랫가락이 슬프게만 느껴졌기 때문이다.

슬플 수밖에 없으리라. 그 흐느끼는 가락이 고적의 가슴을 후벼 팠다.

설아에게 뭐라고 말을 해야 할까?

간밤에 아무 일 없었던 것처럼 대할 수 있을까?

그녀에게 벌어진 일을 막지 못한 자신을 사과를 해야 할까?

아니면 그녀의 명예에 관계된 일이고, 우리만 알고 있는 비밀이니, 죽을 때까지 안고 가겠다고 맹세를 해야 하지 않을까?

도대체 어떻게 해야 할지 몰라서, 고적은 손으로 입을 틀어막았다. 그리고 무슨 일이건 모두 강호인으로서, 정파의 후예로서 얼굴 들고 할 수 있는 말이 아니기에 더욱 설아를 볼 수가 없었다.

이럴 줄 알았더라면, 차라리 눈을 뜨지 말 것을… 차라리 보지나 않으면 좋을 것을……

그런 고적의 가슴을 구슬픈 설아의 노래가 후벼 팠다.

그러고 보니, 설아가 저 노래를 부른 적이 있었다. 설아를 알게 된 게 얼마나 되었다고…….

고적은 자신의 어설픈 생각을 깨닫고는 쓴웃음을 지었다.

그러다가 고적은 벌떡 일어났다. 그제야 고적은 설아가 그 노래를 부른 때가 언제인지 기억해 냈다.

바로 며칠 전이다.

홍주산에서 수많은 사람들이 죽었을 때, 설아는 한밤중에 지붕 위에 올라가 그 노래를 불렀었다.

"혹시……."

놀란 눈으로 고적은 주위를 살폈다.

그러다가 피식 쓴웃음만 토했다. 옆에 고창이 있고, 설아는 노래를 부른다. 일행 셋이 모두 멀쩡하다.

그럼 누구를 위로하는 노래란 말인가!

그래도 행여나 하는 마음으로 고적은 주위를 둘러보았다.

너무 멀쩡한 모습의 설아다.

"정말 혹시……."

동파가 그냥 간 것은 아닐까?

그런 기대감으로 고적은 무릎걸음으로 기어가며 설아에게 다가갔다.

갑작스런 형, 고적의 행동에 당황한 것은 오히려 고창이었다.

고적이 기어서 다가오자, 설아가 슬픈 표정으로 말했다.

"안서가 죽었어요."

"안서요……?"

고적은 안서가 누구의 이름인가 한참을 생각했다.

이내 그것이 사람의 이름이 아니라, 설아가 들고 있는 쥐의 이름이라는 것을 깨닫고는 얼굴을 일그러뜨렸다. 자신의 실수 때문에 웃고 싶었고, 고작 쥐새끼 한 마리 죽은 것을 가지고 그렇게 위령가를 부르는 설아 때문에 웃고 싶었지만, 지금 자신의 처지 때문에 웃을 수가 없었고, 심각한 설아 표정에 그녀 앞에서 웃어 보일 수가 없었다.

덕분에 얼굴만 일그러졌다.

"주세요, 제가 잘 묻어 줄게요."

고창이 손을 내밀었다.

순간 고적은 왜 자기는 그 생각을 못했을까 자신이 한심스러웠다.

"왜 묻어요?"

왜 묻냐고?

너무나 당연한 것을 묻는 설아의 질문에 이번에는 고창이 당황했다.

"저어, 그럼 다른 복안이라도……."

말을 얼버무리기는 했지만, 고창의 얼굴은 일그러졌다.

박제라도 하겠다는 말인가? 아니면 화장을 할까! 매장(埋葬) 말고, 수장(水葬)이라도 할까? 다른 방법이 있으면 뭐가 있을까! 없다. 그런데 안 묻는다고?

"묻어버리면 그것으로 끝이지만, 묵아 주면 한 끼 식사로 충분한데……."

"에?"

고창은 자신이 잘못 들은 것은 아닐까 다시 한 번 확인했다.

고창은 멍한 표정으로 설아를 바라보았다.

설아 얼굴에서는 아무런 감정이 안 느껴졌다. 마치 조각 같은 얼굴로 설아는 몸을 돌렸다.

좀 전에 죽은 쥐를 위해 위령가를 불러주던 백의의 미녀는 더 이상 그곳에 없었다.

한 순간에 변화하는, 자신의 생각으로는 도저히 종잡을 수 없는 설아 때문에 고창은 여전히 멍한 표정으로 그녀를 바라만 보았다.

더듬거린다.

"아!"

고적은 설아가 왜 행동이 불편한지 이제 그 이유를 알았다.

그녀에게 눈을 대신해 주던 안서가 죽었다.

그녀는 이제 눈을 잃은 셈이다.

"저어……."

고적이 조심스럽게 그녀를 향해 다가갔다. 그리고 내심에 있는 말을 털어놓았다.

"많이 불편하시면, 제가 눈이라도 되어 드리리까?"

"형!"

고창이 놀라 소리를 질렀지만, 고적은 손을 흔들어서 고창을 진정시켰다.

"자서 나무 좀 해 와라. 출발할 때 출발하더라도 아침은 먹고 가야지."

고창은 뭐라 할 말이 있었지만, 차마 입을 열 수가 없었다. 이내 불만이 가득한 표정으로 고창은 자리를 떴다. 그렇게 고창이 자리를 비키자, 결국 두 사람만 남았다.

고적은 은근한 목소리로 물었다.

"어제는 제가 힘이 되어드리지 못해 죄송합니다."

고적의 말에 설아는 잠시 뜸을 들였다.

"뭐가요?"

고적의 말이 무엇을 가리키는지 모른다는 표정이다.

"아아, 제가 동파로부터 소저를 지켜드리지 못한……."

막상 이야기를 꺼낸 고적은 쥐구멍이라도 들어가고 싶었다. 이것은 전적으로 자신의 무능함 탓이다.

"아! 신경 쓰지 말아요."

"아니, 아니. 이것은 정말 제 잘못이고, 제가 실력이 부족했기 때문입니다. 동파가 감히 소저에게……."

설아가 고적의 말을 잘랐다.

"아무 일도 없었어요."

순간 고적은 입을 못 열었다.

아무 일도 없었다고? 믿을 말을 해라. 그럼 동파가 왜 그들을 공격했을까? 원하는 게 있어서다. 그리고 더 이상 방해자가 없는데, 먹잇감을 두고 그냥 갈 놈이 아니다.

그래, 잊고 싶었을 것이다. 그래서 아무 일도 없었던 셈 치고 싶을 것이다.

그것이 더 고적은 가슴 아팠다. 그녀의 슬픔이 그의 것이다.

"그래요, 소저. 아무 일 없었습니다."

"응!"

설아는 아무렇지도 않게 대답했다.

순간 그런 설아의 모습에 고적은 적잖이 어물거렸다. 너무나 자연스런 동작에 고적은 당황하고 있었다.

정말 아무 일도 없었단 말인가?

고적은 설아를 위아래로 훑어보았다.

그러고 보니, 너무 멀쩡했다.

눈처럼 하얀 백의를 입고 있는 설아인데, 어디 한 군데 흙묻은 구석이 안 보였다. 찢어지기는커녕 구겨진 곳도 없어 보인다.

저항한 흔적이 없단 말인가?

아니다.

저항을 못한 게 아니라, 아예 할 필요가 없다는 말이다.

고적은 뜨악한 표정으로 설아를 바라보았다.

"어, 어떻게……."

"동파, 그 사람… 못 볼 것을 봤거든요."

"못 볼 것이란 게……."

고적은 더 묻지 못했다.

설아가 앞을 더듬거리며 무언가를 찾고 있었기 때문이다.

"아!"

고적은 짧게 신음소리를 흘렸다.

설아가 눈을 잃어버렸다는 것을 새삼 기억해냈다.

문득, 고적은 설아에게 다가갈 수 있는 기회라는 생각이 들었다. 부지불식간에 고적은 생각지도 않은 말이 튀어나왔다.

"필요하시면 제가 되어드릴 수 있습니다만⋯⋯."

설아는 아무런 감정이 묻어나지 않는 얼굴로 고적을 바라보았다.

"그래주면 고맙죠."

그 순간 오히려 너무 기뻐서 소리라도 지르고 싶었던 사람은 설아가 아니라 고적이었다.

설아와 동행만 할 뿐, 그녀에게 해 준 것이 아무 것도 없다고 생각하고 있었는데, 그녀에게 눈이 되어주는 것을 허락을 했다.

누구에게 좋은 것인지 모르지만, 고적은 그의 청을 받아준 설아가 고마울 따름이다.

"그, 그럼 어떻게 하면 되오?"

짐짓, 고적은 흥분을 감추며 침착한 어조로 물었다.

"아무 것도."

설아가 고적을 향해 손을 내밀었다. 그녀의 가는 손가락이 유난히 길게 느껴졌다.

"아무 것도?"

"예. 아무 것도 안 해도 되요."

이야기 하면서 설아는 검지와 중지, 약지 세 손가락을 고적의 미간 사이에 얹었다.

무슨 일이 일어나는 것일까?

고적은 잔뜩 긴장을 한 채 설아에게 몸을 맡겼다. 두 눈만 꼭 감고 심호흡을 하면서 무언가 변화를 기대하고 있었다.

그냥 그렇게 하고 있었다.

그렇게 새로운 변화를 기다리고 있는데, 아무런 일도 일어나지 않은 채로 말이다. 설아가 손을 뗐다.

고적은 당황했다.

혹시 퇴짜라도 맞은 것은 아닐까?

걱정스런 마음에 설아에게 물었다.

"어어, 어찌 된 거요?"

"뭐가요?"

설아의 표정은 여전히 무감각했다.

그러니까 몸이 단 쪽은 고적이다.

"실패라도 한 것입니까?"

"아!"

설아가 아주 짧게 감탄사를 흘렸다. 하지만 그 다음 말을 기다리는 고적에게는 그 순간이 영원처럼 길게만 느껴졌다.

"아무 일도 없어요."

그 말을 듣는 순간, 고적은 하늘이 무너지는 것 같았다. 아무 일도 없다니? 그럼 실패했단 말인가!

"왜요? 뭐가 안 맞아서요? 다시 시도해 봅시다. 성공하려면 제가 어떻게 하면 됩니까?"

"아, 아파!"

설아의 말에 고적은 자신의 실책을 깨달았다. 너무 흥분한 나머지, 설아의 손목을 움켜쥐고 있었던 것이다.

"아아, 죄송하외다."

황급히 손을 물리며 고적은 얼굴을 붉혔다. 잠깐 잡았을 뿐인데, 설아의 손목에는 선명하게 붉은 손자국이 남아 있었다. 마치 하얀 눈밭 위에 붉은 피로 손도장을 찍은 것처럼 말이다.

"아니요. 실패한 게 아니에요."

고적의 얼굴색이 눈에 띄게 밝아졌다.

"그, 그럼요?"

설아가 고개를 끄덕였다.

"그래요. 나는 지금 당신의 눈으로 세상을 보고 있어요."

"내 눈으로 말이오?"

"그래요."

고적은 믿을 수가 없었다.

자신은 아무런 변화가 없는데, 설아의 눈이 되어주고 있다니! 아무래도 잘못된 것 같았다. 무언가 변화가 있어야 하는 것 아닐까? 하다못해 설아의 생각이 들린다거나, 또는 뭐…….

"아니요. 잘못된 것 하나도 없어요."

설아의 말에 고적은 얼굴 표정이 굳어졌다.

"눈이 되어 주었는데 생각이 들린다면, 그게 더 이상한 것 아니겠어요?"

"아, 아니. 그게 아니라⋯⋯."

말하지 않았는데, 설아는 대답 했다.

"당신에게 변한 것은 아무 것도 없어요. 단지 내가 당신이 보고 있는 것을 같이 볼 수 있다는 것 뿐⋯⋯."

설아는 아무렇지도 않은 표정으로 머리를 다듬었다.

마치 거울을 보고 머리 손질을 하는 것처럼 말이다.

순간 고적은 얼굴이 굳어졌다.

이제 알 수 있었다.

지금 설아는 고적이 자기 눈으로 보고 있는 것을 같이 보고 있다. 고적은 설아를 바라보고 있었고, 설아는 고적이 보고 있는 자신의 영상을 거울처럼 보고 있는 중이다.

뿐만 아니라 설아의 말은 그의 궁금증에 대한 대답이다. 그녀가 고적의 생각을 읽은 것이다.

설아의 말은 진짜다.

이제 고적은 믿을 수 있었다.

설아의 말도, 이단의 말도, 그리고 해석의 말까지⋯⋯.

그가 아는 것이 세상의 전부가 아니었다.

고적의 얼굴이 하얗게 변했다.

"목아는 어디 있죠?"

설아의 질문에 고적은 고개를 들고 새를 찾았다. 보였다.

나무 위에 앉아서 이곳을 내려다보고 있었다.

설아는 자신의 이야기를 증명이라도 하듯이 죽은 쥐를 매를 향해 던져 주었다. 나뭇가지에 앉아서 설아가 들고 있는 것만 호시탐탐 노리고 있던 매는 잽싸게 그것을 낚아챈 후 다른 가지로 날아 내렸다.

벌써 쥐를 다 찢어먹고, 발톱으로 털을 다듬고 있었다.

"기분 좋은가 봐요."

설아의 말에 고적은 슬쩍 그녀의 얼굴을 다시 보게 되었다. 설아는 조용히, 그리고 가볍게 미소를 짓고 있었다. 거기에 매가 있었다. 설아가 보고 있는 것을 같이 보면서······.

*   *   *

동파는 내달렸다.

정신없이 내달렸다.

그가 태어나서 처음 느끼는 공포를 동파는 느꼈다.

동파는 자신이 무엇을 봤는지도 기억이 안 났다. 분명히 무언가를 보기는 봤는데, 아무것도 머릿속에 없었다. 마치 백지 상태가 된 것 같았다.

그나마 다행히도 그녀는 그로 하여금 달아나라고 했다. 살 수 있는 기회를 준 것이다.

그래서 내달렸다. 얼마를 달렸는지도 모른다. 한참을 달리다 보니까 벌써 날이 밝고 있었다.

동파는 겨우 가쁜 숨을 몰아쉬고 강가에서 숨을 돌렸다.

여기는 또 어디란 말인가?

둘러보니 아는 곳이다.

성도 인근이었다.

절로 안도의 한숨이 흘러나왔다.

동파는 비틀거리면서 몸을 일으켰다.

그제야 동파는 그가 하루 종일 벌거벗은 몸으로 뛰어다녔다는 것을 깨달았다. 우선 옷부터 마련해 입을 일이다.

마침 장정 하나가 동파를 보고 굳어버렸다.

동파는 그를 바라보며 최대한 부드럽게, 그리고 활짝 웃어보였다.

히죽.

생각은 그런데 안면 근육이 말을 듣지 않았다. 고작 할 수 있는 것이라곤 이를 드러내며 얼굴을 일그러뜨리는 것뿐이었다.

동파는 옷을 추스렸다.

작기는 했지만, 억지로 껴입으면 얼추 몸에 맞았다. 그리고 지금이 더운밥, 찬밥을 가릴 때인가! 사지에서 살아서 돌아왔는데.

동파는 그런 생각을 하면서 옷매무새를 단정하게 했다.

이제 우선 어떻게 할까?

이한 이놈은 어디서 뭐 하고 있는 거지? 그러고 보니 이한을 본 지 꽤 오래된 것 같았다. 만 이틀이 지난 것 같았다. 그날 새벽에 당방현의 방을 털다가 그만…….

동파는 헛웃음을 쳤다.

"그년이 재수없는 년이었어."

그때부터다. 그때부터 지금까지 모든 일이 꼬여만 갔다.

하지만 이제는 아니다.

액땜도 적당하게 했고, 지금은 그의 집 성도다.

이제 다시 강호의 영웅으로 돌아갈 생각을 하며 동파는 앞으로 한 걸음 안으로 들여놓았다.

"이봐, 뭐 해?"

바로 그때 동파를 부르는 사람이 있었다.

"어느 연놈이……."

동파는 이를 갈며 뒤를 돌아보았다.

"어? 장일이 아니네!"

동파는 성큼성큼 그를 향해 다가갔다.

동파를 부른 사람이 눈을 치켜뜨고 동파를 올려다보았다. 동파가 그자 보다 머리 하나가 더 큰 것 같았다.

바로 그때였다.

"왜? 거기 누구냐?"

젊은 남자의 목소리다.

동파를 부른 자가 대답했다. 대답을 하는데, 동파에게서 눈한 번 떼지도 않고 있었다. 눈을 돌리지 않고 있으니 달아날틈이 없다. 싸우거나 등을 보이거나 둘 중 하나다.

"예, 장군. 웬 놈이 장일을 죽이고, 그의 옷을 빼앗아 입고있습니다."

"어! 오우……"

순간 동파는 당황했다.

자기도 참 강호의 섭리를 잘 아는데, 이자들은 아예 대놓고강호의 행실을 까발리고 있었다.

동파는 순간적으로 주변의 골목을 살펴두었다.

여차하면 도망가기 위해서다. 이런 자들이 무섭다. 동료가죽었음에도 눈 하나 깜박하지 않고, 지금이라도 당장 주먹을휘두를 것 같은 인물이 바로 이런 자들이다. 동료애나 피나눈물도 없는 자들.

골목을 살피는 그 와중에 동파는 깨달았다. 자신은 지금 포위당했다.

"아, 씨파!"

지금 몸 상태도 정상이 아닌데, 도대체 어디에서 이런 무리가 나타났단 말인가!

그러자 안쪽에서 사람 하나가 걸어나왔다. 느긋한 발걸음에 여유로운 동작이다. 그가 나오자 동파를 포위하고 있던 무사들이 일제히 허리를 숙인다.

동파는 알 수 있었다. 저자가 장군이다.

그를 보는 순간, 동파는 그 자리에 털썩 주저앉았다.

벽안에 은발.

닮았다. 닮은 정도가 아니라 여자와 남자이고, 금발과 백발
이라는 것만 빼면 장군과 늙은 사미니는 둘이 완전히 똑같이
생겼다.

"뭐야? 씨발, 요즘은 율갑혼정기를 어떻게 된 게 개나 소나
다 알아?"

장군이라는 자의 한마디에 동파는 오줌 줄을 놓쳤다.

바지가 축축하게 젖어왔다.

동파는 무릎을 꿇고 있었다.

"그러니까, 네게 율갑혼정기를 가르쳐 준 사람이 바로 완
당군이라고?"

"아, 예에."

동파는 최대한 공손하게 대답했다.

금발의 사미니가 단 일 수에 동파를 제압했는데, 이 은발의
장군이라고 해서 못할 리도 없다.

그나마 다행인 것은, 이 은발의 장군님께서는 동파를 공격
할 생각이 없어 보인다는 것이다.

뿐인가? 수하들을 시켜서 동파의 상처를 치료하게 해주고
있었다.

"훗, 여상추 그놈, 그릇을 보고 음식을 담아야지. 하긴 뭐, 사부도 막내 같은 바보 놈에게도 율갑혼정기를 전수하지 않았나!"

장군은 먼 과거를 생각하는 것처럼 먼 곳을 바라보더니 다시 눈을 빛냈다.

"그건 그렇고, 그럼 사천강호에 최고 고수를 꼽으라면 누구 누구냐?"

동파는 손가락을 꼽았다.

"최고라고 할 수 있는 사람은 우선 사패의 완당군이랑 전노군이 있고……."

"아, 걔들은 빼고."

"그리고 나면 아무래도 저라든가……."

까하앙!

쇠 깡통 소리가 울렸다.

"네가 천하의 고수냐!"

"아, 포! 저도 나가면 한주먹 한다는 소리를 들었습니다."

"훗! 사천이 다 죽었구나."

장군은 코웃음을 쳤다.

"정말입니다. 제가 갈왕 동파, 그리고 낭왕 이단, 주왕 차가람, 취왕 장홍란. 이렇게 넷이서 사수왕이라고 불렸었습니다."

"낭왕 이단이라……. 혹시 그 상주 놈 아니냐? 백발

에……."

"백발 맞습니다. 백발! 아, 제가 그놈을 백발로 만들었다 아닙니까~! 그런데 상주요? 누가 죽었습니까?"

장군은 동파의 질문은 듣지도 않았다.

"그래, 그놈 참… 잘 자랐어. 이렇게 잘 자랄 줄 알았으면 그때 좀 가르치면서 데리고 다니는 건데."

동파는 또 인상이 구겨졌다.

어디를 가나 이단은 대접을 받는다.

아무리 생각해도 자신과는 종이 한 장 정도의 차이밖에 안 나는 것 같은데 말이다.

동파는 볼멘소리로 주억거렸다.

"녀석이랑 저랑은 정말 종이 한 장 차이도 안 났단 말입니다. 그놈을 백발로 만든 게 바로 저라고요."

장군은 재미있다는 듯이 동파를 보며 웃었다.

"좋다, 그렇다 치자. 또 누가 있느냐?"

"청성파, 아미파, 점창파, 그리고 사천당가의 장문인이나 가주가 또 고수일 테고……."

"맞아. 사 년 전에도 그놈들 때문에 참 골치 아팠지."

순간 동파는 생각나는 사람이 하나 있었다.

"아, 아미파에서 이번에 엄~청난 고수를 하나 만났습니다. 그런데 그게, 제가 장군님을 만나뵙고 놀란 게 바로 그 때문입니다."

"엄청난 고수라?"

"예. 그게 장군님이랑 머리 색깔만 다르고 나머지는 다 똑같았습니다. 눈도 똑같이 파랬고 얼굴도 하얗고, 여자라는 것만 빼면 똑같았습니다."

장군은 자리에서 벌떡 일어났다.

"누이! 살아 있었구나!"

장군은 소리쳤다.

"파하하하하핫! 바늘은 솔잎 사이에 숨기고 계집은 비구니 사이에 숨기라더니, 정말로 비구니 속에 숨어 있었어? 하하하핫!"

장군은 떠나가라고 소리를 질렀다. 어찌나 즐거운지 연신 동파를 두들기면서 장하다고 칭찬까지 해댔다. 동파는 아무것도 모르는 채 헤헤 웃고만 있었다.

*   *   *

이른 아침부터 신농계를 출발해서 복호사로 향하던 지이 사니는 산을 오를 필요가 없었다.

낙산현 강변에 일절 사태가 내려와 있었기 때문이다.

강 건너까지 그들을 배웅하러 왔던 차가람은 얼결에 일절 사태를 만나는 행운을 얻었다. 사실 배웅하려던 것이 단지 지이 사니, 파사 등을 배웅하려던 것이 아니라, 이참에 개방 보령현 지구당으로 돌아가려는 해석을 배웅하기 위해서다.

해석은 돌아가서 사건 보고를 하고, 중경에 개방 지부를 만들겠다고 포부를 말했다.

그리고 차가람은 힘이 닿는 대로 그것을 지원하겠다고 말했고. 차가람이 그렇게 말을 하지 않았으면 두고두고 혜민에게 미움을 살 것 같았다.

차가람은 요즘 알콩달콩거리는 해석과 혜민 두 사람을 보면서 즐거웠다.

그래서 해석이 보령현까지 간다니, 헤어지기 싫어서 강을 건너온 것인데…….

그곳에서 일절 사태를 만났다.

일절 사태는 그곳에서 지이 사니와 파사 사미니를 기다리고 있었다.

이제야 아미산에 전노군의 사망 소식이 전해진 것이다.

그렇지 않아도 그 이야기를 전하기 위해 지이 사니는 이른 아침부터 서둘렀던 것인데, 이렇게 만나게 되니 그들은 시간을 절약할 수 있었다.

"아미타불, 성도로 가세."

일절 사태는 망설임없이 세 사람을 불렀다.

"저희 모두 말입니까?"

세 사람 모두 놀랐다.

일절 사태는 망설이지 않고 고개를 끄덕였다.

"아미산에서 번진 불이 성도까지 번졌느니. 아미타불……."

일절 사태의 얼굴은 그만큼 침울했다. 그것을 보건대, 일이 그렇게 단순하지만은 않은 것 같았다. 아미산에 번진 불이라는 말이 이번에 있던 음마와 식마의 처단을 말하는 것은 아니다. 또한 흡정귀 동파에 대한 것도 아니고. 동파야 지이 사니와 동도들만으로도 충분하니까.

그럼 아미산에 번진 불이란 무엇일까?

사람들은 알아차렸다.

아미산에 불길이 번진 적이 있었다. 그것도 사 년 전에.

그럼 그 불길이 다시 번진다는 것은?

파사의 눈빛이 흔들렸다.

얼마 전에 광마, 그리고 며칠 전에는 식마와 음마가 죽었다. 그 세 사람 말고 아직 살아 있는 사람이 있다는 이야기다.

파사는 금방 알아차렸다. 전노군을 살해한 범인이 누구인지를 말이다.

"아미타불……."

불호를 외우는 파사의 목소리가 떨렸다.

*　　　*　　　*

선규와 청사군은 이단보다 하루 늦게 성도 정무련에 도착했다. 그것도 서둘러서 그 정도이고, 그들보다 먼저 출발한 설아 일행은 아직 도착하지도 않았다.

그들이 정무련에 도착할 때 즈음 해서, 도강언현 청성파에서도 문상을 왔다. 얼마 전, 장로인 기어검 모강을 잃은 그들이지만 경황 중에도 문상을 했다.

이단은 그들을 정성을 다해 맞이했다.

하지만 그들은 그 외에도 다른 생각이 있어 온 것이었다.

바로 청성산에서 시작되어 아미산까지 이어진 행렬의 진실이다. 고적이 올린 보고서를 받았지만, 그것을 그대로 믿기에는 무언가 부족했다.

정말 청성파 고수 열 명의 몰살이 우연과 판단 착오의 결과란 말인가? 그렇게 생각하기에는 피해가 너무나 컸다.

이단은 그것을 다른 시각으로 바라보고 있었다.

"판단 착오가 아니라 아집과 독선의 결과입니다."

"뭣이?"

이단의 말에 이번에 문상단으로 내려온 장로 칠성검(七成劍) 한사(韓舍)가 자리에서 벌떡 일어나며 고함을 질렀다.

반대로 이단은 침착했다.

"만약 청성파의 지휘부에서 밑에서 올라온 보고를 조금이라도 자세히 확인했다면 그런 일을 없었을 것입니다."

"낭왕! 말속에 뼈가 있네."

한사의 거친 목소리에도 이단은 한 발도 물러나지 않았다.

"그렇지 않습니까? 청성파가 추격을 한 사람은 저와 개방의 당호법 해석에, 그리고 설아 소저입니다. 청성산과 조금이라도 관련이 있던 이는 강호인도 아닌 혜민뿐이었습니다. 그럼 그것을 우리 일행 넷 중에서 한 명이라도 확인했다면 그런 일이 생기지 않았겠지요."

이단의 설명에 사람들은 벌어진 입을 다물지 못했다.

"자네의 부주의한 설명으로는 아미산까지 추격했다는 것은 설명이 돼도 아미산에서 열 명이 모두 몰살을 당했다는 사실에는 어떤 보충 설명도 없더군."

이단은 어깨를 으쓱거렸다.

"못 믿으시겠다면 조금만 기다리시면 되겠습니다."

이단의 말에 사람들은 무슨 말인지 이해를 못하고 있었다.

이단은 하늘을 가리켰다.

"지금 그들이 이곳으로 오고 있으니까요."

이단이 가리키는 곳에는 매가 하늘을 날고 있었다. 그냥 날고 있는 것이 아니라, 날개를 쫙 펴고 움직이지 않으면서 바람을 타며 유유히 한자리에 떠 있었다.

『낭왕』 6권 끝.

共同傳人

공동전인

설경구 新무협 판타지 소설

마교를 재건하라.

혈마옥에 갇히며 마교 장로들의 공동전인이 된 사무진에게 주어진 과제.
역사상 가장 착한 마교의 교주.
하지만 역사상 가장 강한 마교의 교주가 되고 싶다.

고정관념을 버려요.
마교도라고 해서 꼭 나쁜 놈일 필요는 없잖아요.

지금까지와는 다른 마교.
이제 사무진이 만들어가는 새로운 마교가 모습을 드러낸다.

유행이 아닌 자유추구 -
WWW.chungeoram.com
B o o k   P u b l i s h i n g   C H U N G E O R A M

歡喜密功

환희밀공

설봉 新무협 판타지 소설

歡喜密功

환희밀공

1

설봉 新무협 판타지 소설

1
치우 (편혼)

歡喜密功

환희밀공

1

설봉 환무협 판타지 소설

ORIENTAL BOOKS

무유칠덕(武有七德), 금폭(禁暴), 집병(戢兵), 보대(保大),
정공(定功), 안민(安民), 화중(和衆), 풍재(豊財), 자야(者也),
〈좌전(左傳), 선공 십이년(宣公 十二年)〉

무에는 일곱 가지 덕이 있다.
첫째, 난폭을 금지한다. 둘째, 무기를 거두어들인다. 셋째, 큰 나라를 보전한다.
넷째, 공적을 정한다. 다섯째, 백성을 편안하게 한다. 여섯째, 대중을 화합하게 한다.
일곱째, 물자를 풍부하게 한다.

섬서성(陝西省) 육반산(六盤山)에 신력(神力)을 바탕으로
패공(覇功)을 구사하는 가문(家門), 육반루가(六盤婁家).
세상에게 외면받고 멸시당하는 환희교(歡喜敎).
육반루가의 후손과 환희교 교주의 운명적인 만남.

"넌 환희교를 지키는 수문장(守門將)이 될 거야.
강하게, 아주 강하게 키워주마."
'아버지처럼 죽지 않을 거야. 아무도 날 죽일 수 없어.
세상에서 최고로 강한 사람이 될 거야.'

유행이 아닌 자유추구 -
WWW.chungeoram.com

Book Publishing CHUNGEORAM

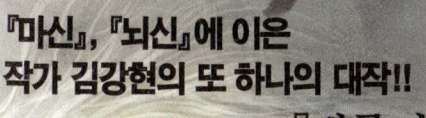

태룡전

『마신』, 『뇌신』에 이은
작가 김강현의 또 하나의 대작!!
『태룡전』

김강현
新무협 판타지 소설

내가 이곳 미고현에 위치한 천망칠십오대에
온 지도 벌써 두 달이 넘었거든.
그런데 아직도 이해하지 못한 일이 하나 있어.
그게 뭐냐고? 우리 대주 말이야.
우리 대주님이 가장 좋아하는 게 뭔지 아나?
바로 침상에서 좌우로 데굴데굴 굴러다니는 거야.
그다음으로 좋아하는 게 그렇게 뒹굴다 잠드는 거고…….
나려타곤(懶驢打滾)!
더도 덜도 아닌 딱 우리 대주님을 지칭하는 말일세.

천망칠십오대 대주 단유강!!
격동의 무림은 그에게 휴식을 허락하지 않는다.
단유강, 그의 일보가 천하를 떨쳐 울린다!

유행이 아닌 자유추구 -
WWW.chungeoram.com
Book Publishing CHUNGEORAM

오채지 新무협 판타지 소설

천산도객

마도대종사의 죽음.

마침내 끝이 난 이십 년간의 정마대전.
하지만 전 무림이 까맣게 모르는 것이 있었으니…

대종사가 마지막까지 숨겨두었던 마도백가(魔道百家)의 비밀 병기.
패잔병으로 북방을 떠돌던 어느 날 신비로운 사내 비파랑을 만나는데…

"항주의 금룡관(金龍館)에… 이걸 전해주십시오."
"눈치챘겠지만 난 마인이오."
"어쩐지 당신이라면… 약속을 지켜줄 것 같아서……."

한 번의 짧은 만남이 만든 운명 같은 행보.
그의 위대한 강호행이 시작된다.

 유행이 아닌 자유추구 -
WWW.chungeoram.com

Book Publishing CHUNGEORAM